河東先生集

1

[唐] 柳宗元 撰

明嘉靖濟美堂本

讀者出版社

圖書在版編目（CIP）數據

河東先生集：全6册：繁體影印版／（唐）柳宗元撰. -- 蘭州：讀者出版社，2019.1
ISBN 978-7-5527-0542-3

Ⅰ.①河… Ⅱ.①柳… Ⅲ.①唐詩－詩集 Ⅳ.①I222.742

中國版本圖書館 CIP 數據核字 (2019) 第 000848 號

河東先生集
（唐）柳宗元　撰

責任編輯　王先孟
裝幀設計　路建鋒　何雲飛

出版發行　讀者出版社
地　　址　蘭州市城關區讀者大道 568 號（730030）
郵　　箱　readerpress@163.com
電　　話　0931-8773027（編輯部）　0931-8773269（發行部）

印　　刷　北京虎彩文化傳播有限公司
規　　格　787 毫米 ×1092 毫米　1/16
　　　　　印張 158　字數 1500 千　插頁 18
版　　次　2019 年 1 月第 1 版
　　　　　2019 年 1 月第 1 次印刷
印　　數　1~100
書　　號　978-7-5527-0542-3
定　　價　4800.00 圓（全 6 册）

出版説明

現代漢語用『圖書』表示文獻的總稱，這一稱謂可以追溯到古史傳説時代的河圖、洛書。在文化史中，圖像始終承擔着重要的文化功能。傳説時代的大禹『鑄鼎象物』，將物怪的形象鑄到鼎上，使『民知神奸』。在《周易》中也有『制器尚象』之説。一般而論，文化生活皆有其對應的物质層面的表现。在中國古代文獻研究活動中，學者也多注意器物、圖像的研究，如《詩》中的草木、鳥獸，《山海經》中的神靈物怪，禮儀中的禮器、行禮方位等，學者多畫爲圖像，與文字互相説明，成爲經學研究中的『圖説』類著述。又宋元以後，庶民文化興起，出版業高度發達，版刻印刷益發普及，在普通文獻中也逐漸出現了圖像資料。它们廣泛地涉及植物、動物、日常的物質生產程序與工具、平民教化等多個方面，其中流傳至今者，是我們瞭解古代文化的重要憑藉。通過這些圖文並茂的文本，讀者可以獲得對古代文化生動而直觀的感知。爲了方便讀者利用，我們將古代文獻中有關圖像、版畫、彩色套印本等文獻輯爲叢刊正式出版。

本編選目兼顧文獻學、古代美術、考古、社會史等多種興趣，範圍廣泛，版本選擇也兼顧古代東亞地區漢文化圈的範圍。圖像在古代社會生活中的一大作用涉及平民教化，即古人所謂的『圖象古昔，以當箴規』。（語出何晏《景福殿賦》）明清以來，民間勸善之書，如《陰騭文》《閨範》等，皆有圖解，其中所宣揚的古代道德意識中的部分條目固然爲我們所不取，甚至是應該批判的對象，但其中多有精美的版畫，除了作爲古代美術史文獻以外，由此也可考見古代一般平民的倫理意識，實爲社會史研究的重要材料。

本編擬目涉及多種類型的文獻，茲輯爲叢刊，然亦以單種別行為主，只有部分社會史性質的文本，因爲篇卷無多，若獨立成册則面臨裝幀等方面的困難，則取同類文本合爲一册。文獻卷首都新編了目錄以便檢索，但爲了避免與書中內容大量重複，無謂地增加篇幅，有部分新編目錄視原書目錄爲簡略，也有部分文本性質特殊，原書中本無卷次目錄之類，則約舉其要，新擬條目，其擬議未必全然恰當。所有文獻皆影印，版式色澤，一存古韻。

目録

第一册

第二册

第三册

第四册

第五册

第六册

第一册

河東先生集序

夔州刺史劉　禹錫　纂

八音與政通而文章與時高下三代之文至戰國而病涉秦漢復起（復扶富切又也）漢之文至列國而病唐興復起夫政厖而土裂（厖作厐莫江切雜也）三光五嶽之氣分（扶問切）大音不完故必混一而後大振初貞元中上方嚮文章昭回之光下飾萬物天下文士爭執所長與時而奮粲然如繁星麗天而芒寒色正（芒音忘說文草耑也又星芒角

人望而敬者五行而已河東柳子厚斯人望
而敬者歟子厚始以童子有奇名於貞元初
至九年爲名進士十有九年爲材御史二十
有一年以文章稱首入尚書爲禮部員外郎
是歲以踈雋少檢（祖峻切與俊同絶異也）獲詘出牧邵
州又謫佐永州居十年詔書徵不用遂爲柳
州刺史五歲不得召歸病且革（音亟急也）留書抵
其友中山劉禹錫曰我不幸卒以謫死以遺
草累故人禹錫執書以泣遂編次爲四十五

通行於世子厚之喪昌黎韓退之誌其墓且以書來弔曰哀哉若人之不淑吾嘗評其文雄深雅健似司馬子長崔蔡不足多也安定皇甫湜（視力切持正貌）於文章少所推讓亦以退之言爲然凡子厚名氏與仕與年暨行巳之大方（暨其冀切及也）有退之之誌若祭文在今附于第一通之末云

東吳詎熏
鵬校壽梓

柳文音義序

余讀韓柳文常思古人竒字齟齬吾目且梔吾喙也開卷必與篇韻俱撿閱反切終日不能通一紙偶得二書釋音如獲指南猶恨字畫差小不便老眼至灊山郡齋屬廣文是正將大其刻以傳學者一旦廣文携音訓數帙示余曰昌黎文有江山祝充音義既反切難字又注其所從出亡以復加惟子厚集諸家音義不稱是自詭規模祝充撰柳氏釋音數

此李陽冰所謂齋中所以豐同豊李丞相將束而宋魚魯一惑涇渭同流學者承靡以過泛每一念也未嘗不廢卷雪涕撫案長歎焉者同

月書成余實濫觴權輿是書者序引其意詎
敢以語言不工爲觧自小學不興六書罔詔
學者平日簡牘間頗有不分點畫不辨偏傍
任私意共本原雖以字學名世者未免斯獘
若虞永興不知姓顔平原不知名况下二子
者耶甚者以弄璋爲麞伏臘爲獵金根爲銀
至於古文奇字能不共句讀辨重輕清濁者
幾何人哉惟柳州内外集凡三十三通莫不
貫穿經史轇轕傳記諸子百家虞初稗官之

言古文奇字比韓文不啻倍蓰非博學多識前言者未易訓釋也廣文中乙丑年甲科恬於進取尚淹選調生平用心於内不汲諸外遂能會稡所長成一家言將與柳文竝行不朽無疑矣非刻意是書者未必知論著之不易也廣文諱緯字仲寶雲間人姓潘氏乾道三年十二月吴郡陸之淵書

孫

柳先生年譜

柳氏之先自黄帝歷周魯孝公子夷伯展孫無駭生禽爲魯士師謚曰惠食采于柳下遂姓柳氏楚滅魯仕楚秦并天下柳氏遷於河東秦末柳下惠裔孫安始居解縣安孫隗漢齊相六世豐後漢光祿勳六世孫軌晉吏部尚書生景猷晉侍中二子耆純（耆號西眷 純號東眷）耆汝南太守二子恭璩恭後魏河東郡守南徙汝潁遂之江表曾孫緝宋州別駕宋安郡守

生僧習與豫州刺史裴叔業據州歸于後魏爲揚州大中正尚書右丞方輿公五子鷟慶虬檜鸑慶後魏侍中左僕射平齊公於子厚爲七代祖三子機旦肅旦隋黃門侍郎新城男於子厚爲六代祖五子燮則綽楷亨則隋左衛騎曹參軍生奭唐中書令新唐史宰相世系表云奭字子燕而列傳則云字子邵按子厚有先侍御史府君神道表云曾伯祖諱奭字子燕則當以世系表爲正然奭於侍御史爲曾伯祖則於子厚爲高伯祖矣而新史子厚傳及韓退之子厚墓誌皆云曾伯祖奭恐誤楷隋濟房蘭廓四州刺史於子厚爲五代祖三子

融子敬子夏子夏徐州長史於子厚爲高祖

子夏 徐州長史

- 從心
  - 由
  - 因
  - 固
- 從裕 滄洲清池令
  - 其 臨邛令子厚有亡姑陳氏墓誌云考諱其爲臨邛令是也
  - 其 旌德尉子厚有伯祖妣李氏墓誌云夫人生男一人諱其不幸終於宣州旌德尉新史云旌德令恐誤
    - 曹郎 子厚有伯祖妣李氏墓誌云有孫二人長曰曹郎

察躬
湖州德清令子厚有讓監察御史狀云臣祖名察躬是也

鎮
侍御史

宗元
子厚之從兄弟見於集者有宗一宗玄宗直等世系不可得而詳

告
字用益退之墓誌云子厚有子男二人長曰周六始四歲季曰周七子厚卒乃生但不知所謂告者爲誰也

某
朔方營田副使殿中侍御史集有墓版文

纁
華陰主簿集有叔父祭六伯母文

曹婆
集有叔妣陸氏遷祔誌云夫人生男一人曰曹

綜

婆

續
皆見叔父墓版文

大曆八年癸丑
子厚生代宗之十一年也
大曆十一年丙辰
集有先太夫人盧氏歸祔誌云宗元始四
歲居京城西田廬中先君在吳家無書太
夫人教古賦十四首皆諷傳之即此年也
貞元元年乙丑
按唐本紀德宗興元元年二月甲子李懷
光反貞元元年八月甲戌伏誅是年有爲

崔中丞賀平李懷光表劉夢得作集序云
予厚始以童子有奇名於貞元初
貞元五年己巳
與楊誨之書云吾年十七求進士四年
也有爲文武百官請復尊號表三首
貞元六年庚午
是年有與權補闕書註云時年十八爲文
武百官請復尊號表三首又大會議表二
首並見外集

貞元八年壬申

是年貢于京師有送苑論詩序云八年冬余與馬邑苑言揚聯貢于京師是歲小司徒顧公守春官之缺而權擇士之柄明年春同趍權衡之下並就重輕之試二月丙子有司題甲乙之科揭于南宫余與兄又聯登焉

貞元九年癸酉

是年登進士第集有先侍御史府君神道

表云貞元九年宗元得進士第上問有司
曰得無以朝士子冒進者乎有司以聞上
曰是故抗姦臣竇參者耶吾知其不爲子
求舉矣是年有送苑論詩序

貞元十二年丙子

按唐史言宗元少精敏絶倫爲文章卓偉
精緻一時輩行推仰第進士博學宏辭科
授校書郎調藍田尉其與楊誨之書云吾
年二十四求博學宏辭卽貞元十二年也

是歲有終南山祠堂碑太白山祠堂碑邠
寧進奏院記與大理崔少卿啓叔父殿中
侍御史墓版文殿中侍御史柳公墓表叔
妣陸氏夫人遷祔誌萬年縣丞柳君墓誌
監察御史周君墓表

貞元十四年戊寅

與楊誨之書云二十四求博學宏辭二年
乃得仕盖此年也

貞元十五年己卯

是年有柳常侍行狀亡妻弘農楊氏誌國
子司業陽城遺愛碣與大學諸生書書之
首云二十六日集賢殿正字柳宗元則子
厚是時蓋在書府也有辯侵伐論註云在
集賢院爲徵天下兵討淮西作

貞元十六年庚辰

是年有賀嘉瓜白兎等表温縣主簿韓君
墓誌伯祖妣李夫人墓誌亡姊裴氏夫人
墓誌

貞元十七年辛巳
是年有南岳雲峯寺和尚碑叔父祭六伯
母文亡姑陳氏夫人墓誌
貞元十八年壬午
是年有武功縣丞壁記盩厔縣新食堂記
京兆府請復尊號表三首爲耆老等請復
尊號表爲京畿父老上宰相狀爲京畿父
老上尹狀亡友校書郎獨孤君墓誌
貞元十九年癸未

是年爲監察御史裏行劉夢得集序云十
有九年爲材御史是也有讓監察御史狀
䄍説朝日説爲李京兆祭楊郎中文兵部
楊君墓碣弘農令柳府君墳前石表送文
暢上人序

貞元二十年甲申

是年有監察使壁記南嶽般舟和尚第二
碑祭李中丞文尚書戶部郎中魏府君墓
誌

永貞元年乙酉

順宗以貞元二十一年正月丙申卽位三月癸巳立廣陵郡王爲皇太子有賀立皇太子表八月庚子立皇太子爲皇帝自稱太上皇有百寮賀表辛丑改元永貞有賀改元赦表乙巳憲宗卽位有卽位禮畢賀表賀冊太上皇后及禮畢表請聽政表三首是年入尚書爲禮部員外郎與蕭俛書云僕當時年三十三甚少自御史裏行得

禮部員外起取顯美欲免世之汞進者恠
怒媢嫉其可得乎蓋是年子厚年三十三
也以王叔文黨貶邵州刺史又貶永州司
馬有陳給事行狀戶部侍郎王公太夫人
劉氏墓誌潞州兵曹柳君墓誌
元和元年丙戌
正月丁卯大赦改元有賀改元赦表劍門
銘嚴東川啓先侍御史府君神道表東明
張先生墓誌陸文通先生墓表連州司馬

凌君權厝誌哭連州凌司馬詩

元和二年丁亥

有懲咎賦送趙大秀才往江陵序先太夫

人盧氏歸祔誌

元和三年戊子

有貞符非國語與吕道州書與王參元書

答吳武陵書同吳秀才贈李睦州詩序貞

符序言臣所貶州有流人吳武陵爲臣言

董仲舒對三代受命之符而元和四年有

與

與楊京兆書云去年吳武陵來羡其齒少才氣壯健可以興西漢之文章則吳武陵之來永州蓋在是年也有龍安海禪師碑凌君墓後誌送婁圖南遊淮南序酬婁秀才早秋月夜病中見寄酬婁秀才將之淮南見贈之作遊南亭夜還敘志七十韻特進南公睢陽廟碑

元和四年己丑

是年子厚年三十七在永州有裴墳蕭俛

李建楊京兆許京兆等書與蕭書云人生少得六七十者今已三十七矣與李書云前過三十七年與瞬息無異又云裴應叔蕭思謙各有書足下求取觀之應叔埴也思謙俛也與楊京兆書云永州多火災五年之間四爲大火所迫答許京兆書云伏念得罪來五年未嘗有故舊肯以書見及者則子厚自永貞元年貶至是五年也又有爲南承嗣請從軍狀送南涪州量移澧

州序送内弟盧遵遊桂州序寄桂州李中
丞薦盧遵啓新作法華寺西亭記始得西
山讌遊記鈷鉧潭記鈷鉧西小丘記丘西
小石潭記小姪女子墓塼記
元和五年庚寅
是年有與楊州李相公第二啓與楊誨之
書説車贈楊誨之送從弟謀序讀韓愈所
作毛穎傳後題太府李卿外婦馬淑誌趙
秀才羣墓誌下殤女子墓塼記聞籍田有

感詩
元和六年辛卯
有上西川武相公啓報與楊誨之書爲柳
公綽謝上表祭呂化光文衡州刺史東平
呂君誄試大理評事柳君墓誌同劉二十
八哭呂衡州詩
元和七年壬辰
有賀皇太子牋上嶺南鄭相公啓弘農公
左官三歲復爲大僚獻詩五十韻送崔策

序武岡銘袁家渴記石渠記石澗記小石城山記永州刺史崔君權厝誌祭崔使君文

元和八年癸巳

有逐畢方文黃溪記鐵鑪步志答韋中立書呂侍御墓誌祭呂敬叔文

元和九年甲午

有囚山賦起廢答段太尉逸事狀與韓愈書上河陽烏尚書啓斥鼻亭神記文宣王

道州廟碑南岳大明寺律和尚碑湘源二妃廟碑處士段弘古墓誌詔追赴都迴寄零陵親故詩過衡山見新花開却寄弟詩汨羅遇風詩北還登漢陽北原題臨川驛詩畧園巖水簾詩戲贈詔追南來諸賓詩

元和十年乙未

有詔追赴都二月至灞亭上詩云十一年前南渡客四千里外北歸人又酬竇員外見促行騎詩云投荒垂一紀新詔下荆扉

蓋子厚之貶至是十一年也退之墓誌云元和中嘗例召至京師又皆出爲刺史而子厚得柳州有衡陽與夢得分路贈別詩重別夢得詩三贈詩再上湘江詩其贈別詩云十年顦顇到秦京誰料翻爲嶺外行而夢得酬贈詩云去國十年同赴召渡湘千里又分歧重臨事異黃丞相三黜名慚柳士師蓋夢得初貶連州後赴召例授播州子厚以播地遠夢得親老欲拜疏以柳

易播會大臣亦有爲夢得言者遂改授連州故詩有重臨之語子厚以是年三月徙柳州六月到任有柳州謝上表柳州舉自代狀柳州上中書門下狀雷塘禱雨文萬石亭記記柳州山水近治可遊者志從父弟宗直殯祭弟宗直文先聖文宣王柳州廟碑大鑒禪師碑大鑒者佛氏之第六祖也東坡居士云柳子厚南遷始究佛法作曹溪南嶽諸碑妙絕古今長老重辨師儒

釋無通道學純備以謂自唐至今頌述祖
師者多矣未有通亮簡正如子厚者唐史
元和中馬揔自虔州刺史遷安南都護徙
桂管經略觀察使以碑致之蓋自安南遷
南海非桂管也可以正唐史之誤

元和十一年丙申

有井銘祭井文寄韋珩詩别舍弟宗一詩
韓漳州書報徹上人亡因寄詩聞徹上人
亡寄楊侍郎丈詩按劉夢得靈徹集序云

元和十一年終于宣州開元寺卽此年也
別宗一詩云一身去國六千里萬事投荒
十二年自永貞元年至是十二年矣
元和十二年丁酉
有代李愬襄州謝上表復大雲寺記東亭
記祭楊詹事文朗州司戶薛君妻崔氏墓
誌箏郭師墓誌其誌云丁酉之年秋旣季
卽是年九月也
元和十三年戊戌

有平淮夷雅上裴門下啓上襄陽李僕射啓與邕管李中丞啓爲裴中丞乞討黃賊上裴相狀爲裴中丞伐黃賊轉牒上李夷簡書答杜温夫書萬年令裴府君墓碣襄陽丞趙君墓誌上夷簡書云宗元曩者齒少心銳徑行高步不知道之艱以陷乎大阨窮躓隕墜廢爲孤囚日號而望十四年矣獻淮雅表曰臣負罪竄伏違尚書戕奏十有四年蓋自始貶至今十四年也韓退

之羅池碑云侯爲州三年柳民既皆喜悦
嘗與其部將魏忠謝寧歐陽翼飲酒驛亭
謂曰吾棄於時而寄於此與若等好也明
年吾將死死而爲神後二年爲廟祀我及
期而死其與部將飲酒驛亭盖此年也

元和十四年己亥

是年李師道伏誅有賀破東平表爲裴中
丞賀破東平表賀東平赦表賀分淄青爲
三道表禮部賀册尊號表爲裴中丞謝討

黃賊表答鄭貟外賀啓答諸州賀啓上中書門下狀上裴相狀上裴中丞狀謍家洲亭記韋夫人墳記嶺南監鐵李侍御墓誌邕管李中丞墓誌處士裴君墓誌試大理評事裴君墓誌秘書郎姜君墓誌按唐史吳武陵傳云初宗元謫永州而武陵亦坐事流永州宗元賢其人及爲柳州刺史武陵北還大爲裴度器遇每言宗元無子說度曰西原蠻未平柳州與賊犬牙宜用武

人以代宗元使得優游江湖又遺工部孟
簡書曰古稱一世三十年子厚之斥十二
年殆半世矣霆砰電射天怒也不能終朝
聖人在上安有畢世而怒人臣耶且程劉
二韓皆已拔拭或處大州劇職獨子厚與
猨鳥爲伍誠恐霧露所嬰則柳氏無後矣
度未及用而宗元死武陵此書蓋在元和
十一年又三年而子厚死矣墓誌云子厚
以元和十四年十月五日卒年四十七明

年七月十日歸葬萬年先人墓側

唐柳先生年譜終

柳文年譜後序

昔之論文者或謂文章以氣爲主或謂文窮而益工先生與楊憑書亦曰凡爲文以神志爲主又云自貶官來無事讀百家書上下馳騁乃少得知文章利病先生自妙齡秀發連中異科繼登臺省旋遭斥逐故予以先生文集與唐史參攷爲時年譜庶可知其出處與夫作文之歲月得以究其辭力之如何也紹興五年六月甲子知柳州軍州事潞國文安

禮序

河東先生集目録

夔州刺史劉　禹錫　編

第一卷

第二卷

古賦

第三卷

論

第四卷

第五卷

第十卷

第十一卷

誌碣誄

第十二卷

第十四卷

對
設漁者對智伯
愚溪對
對賀者
杜兼對
天對 楚詞天問附
第十五卷
問答
晉問

答問

起廢答

第十六卷

說

天說 劉禹錫天論附

鶻說

朝日說

捕蛇說

禮說

乘桴說

○說車

謫龍說

復吳子松說

羆說

觀八駿圖說

第十七卷

傳

○宋清傳

第十八卷
騷

龍馬圖贊并序
戒懼箴
憂箴
師友箴并序
敵戒
三戒并序
臨江之麋
黔之驢
永某氏之鼠

第二十卷

銘雜題

沛國漢原廟銘并序

劍門銘并序

塗山銘并序

壽州安豐縣孝門銘并序

武岡銘并序

井銘并序

舜禹之事

第二十二卷

同吳武陵送杜留後詩

送寧國范明府詩

送韋南容聯句詩

送李判官往桂州

送苑論登第後歸覲

送蕭鍊登第後歸南歸

送班孝廉擢第歸東川覲省

送獨孤申叔侍親往河東

送豆盧膺南遊詩

送趙大秀才往江陵謁趙尚書

第二十三卷

序

同吴武陵贈李睦州詩

送南涪州量移灃州

送薛存義之任

送薛判官量移

送李渭赴京師

送嚴公貺下第歸興元覲省詩

第二十四卷

序

第二十五卷

序

送玄舉歸幽泉寺
送濬上人歸淮南覲省

第二十六

記

監祭使壁
四門助教壁
武功縣丞壁
盩厔縣新食堂
諸使兼御史中丞壁

第二十七卷
記

邕州柳中丞作馬退山茅亭

永州韋使君新堂

永州崔中丞萬石亭

零陵三亭

第二十八卷

記

零陵郡復乳穴

道州毀鼻亭神

永州龍興寺息壤

第二十九卷

記

始得西山宴游

鈷鉧潭

鈷鉧西小丘

至小丘西小石潭

袁家渴

石渠

石澗

小石城山

柳州東亭

柳州山水近治可游者

第三十卷

書

寄許京兆孟容

與楊京兆憑

與裴塤

與蕭翰林俛

與李翰林建

與顧十郎

第三十一卷

書

書

與楊誨之

又與楊誨之

答沈起

與王參元

第三十四卷

書

與太學諸生喜詣闕留陽城司業

答韋中立論師道

上門下李夷簡相公陳情

第三十五卷

啓

上湖南李中丞
上桂州李中丞
第三十六卷
啓
上權補闕温卷
上崔大卿
上裴晉公獻唐雅詩
上襄陽李凉公獻唐雅詩
上揚州李趙公獻所著文

第三十七卷

表

第三十八卷

表

第四十卷
祭文

祭呂衢州温
祭李中丞
爲韋京兆作祭杜河中
爲韋京兆作祭崔太常
爲李京兆作祭楊郎中
爲安南楊侍御作祭張都護
祭萬年裴令
祭呂敬叔
祭崔君敏

第四十一卷
祭文

禡牙

祭井

禜門

祭六伯母

祭獨孫丈母

祭從兄

祭弟宗直

祭姊夫崔簡

又祭崔簡旅櫬

第四十二卷

古今詩

古東門行

寄韋珩

奉和楊尚書追和故李卬書夏日登

北樓

楊尚書寄郴筆因獻長韻

南省轉牒欲具江國圖令盡通風俗

故事

與浩初上人同看山寄京華親故

再至界圍巖遂宿巖下

詔追赴都廻寄零陵親故

過衡山見新花開却寄弟

汨羅遇風

朗州竇常員外寄劉二十八詩見促

行騎走筆酬贈

至前驛却寄相送諸公

北還登漢陽北原題臨川驛

善謔驛和劉夢得酹淳于先生（劉夢得題）

淳于髡墓附

第四十三卷

古今詩

法華寺石門三十韻

遊朝陽巖二十韻

湘口館瀟湘二水所會

登蒲洲石磯望江口潭島深迥對香
零山

南澗中題

遊石角過小嶺至長烏村

首春逢耕者

溪居

夏祈雨後尋愚溪

入黃溪聞猿

韋使君黃溪祈雨見君從行至祠下

口號

郊居歲暮

秋曉行南谷經荒村

雨後曉行獨至北池

第四十四卷

非國語上三十一篇

滅密

不藉

三川震

料民

神降于莘

聘魯

叔孫僑如

躋僖公

莒僕

仲孫它

犢羊

骨節專車

楛矢

輕幣

卜

郭偃

第四十五卷

輿人誦

葬恭世子

殺里克

獲晉侯

慶鄭

乞食于野人

懷嬴

筮

董因

劉僕
叔魚生
逐欒盈
新聲
射鷃
趙文子
醫和
黃熊
韓宣子憂貧

圉鼓
具敖
董安于
祝融
褒神
嗜芰
祀
左史倚相
伍員

河東先生集目録

東吴韶雲
鵬枝壽梓

雅詩歌曲　共二十

古賦

河東集　一之二

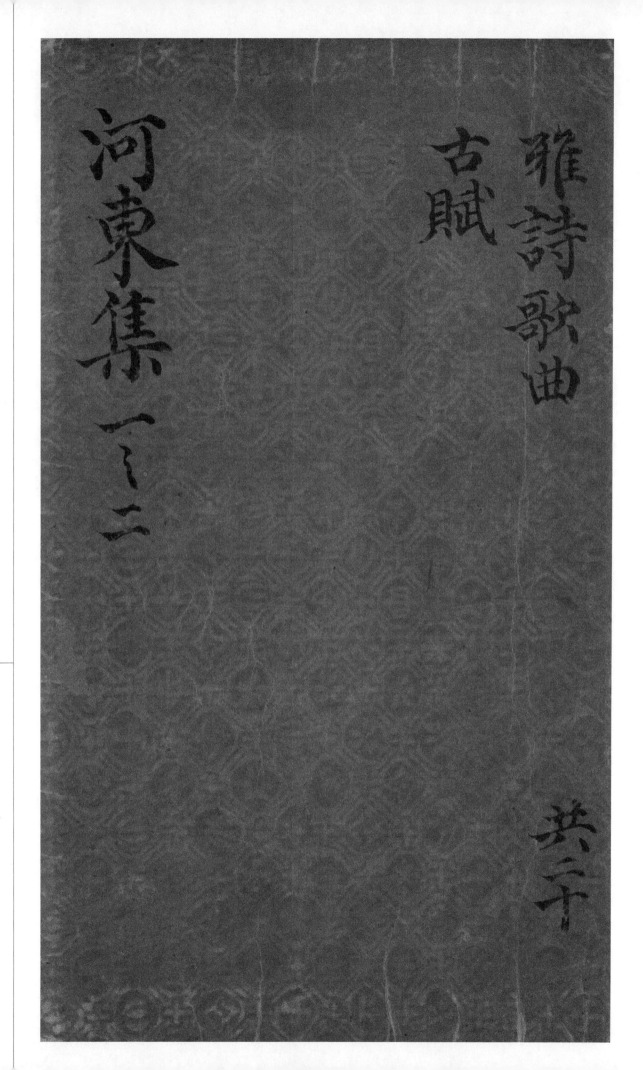

河東先生集卷第一

雅詩歌曲

獻平淮夷雅表一首

按詩宣王能興衰撥亂命召公平淮夷注云淮夷東國在淮浦而東行也元和十二年十月癸酉平吳元濟在淮蔡故曰淮夷蓋公擬江漢之詩而作也與韓文公平淮西碑同時作先儒穆伯長云韓元和聖德平淮西柳雅章之類皆辭嚴義偉制述如經能崒然聳唐德於盛漢之表談藪云論柳文者皆以謂封建論退之所無淮西雅韓文不逮

臣宗元言臣負罪竄伏違尚書牋奏十有四

中陟仲切
冉也

年禮部郎官掌尚書牋奏公永貞元年自禮部員外郎貶邵州刺史再貶永州司馬元和十年召至京師又出爲柳州刺史至是元和十三年爲十四年故云聖恩寬宥周官司刺掌三宥三赦之法一宥曰不識二宥曰過失三宥曰遺忘命守遐壤謂元和十年三月爲柳州刺史也懷印曳紱紱綬也有社有人論語有民人焉有社稷焉臣宗元誠感誠荷頓首頓首伏惟睿聖文武皇帝陛下天造神斷克清大憝憝惡也書康誥曰元惡大憝此謂平吳元濟也憝徒對切金鼓一動萬方畢臣太平之功中興之德推校千古無所與讓臣伏自忖度忖度字見孟子王曰詩云它人有心予忖度之度徒

◎

（各切）有方剛之力（詩膂力方剛經營四方）不得備戎行（音杭）致死命況今已無事思報國恩（恩一作恩德）獨惟文章伏見周宣王時稱中興其道彰大于後罕及然徵於詩大小雅（小雅六月采芑車攻吉日大雅嵩高烝民韓奕江漢常武）其選徒出狩則車攻吉日（詩小雅車攻宣王復古也宣王能內修政事外攘夷狄復文武之境土修車馬備器械復會諸侯於東都因田獵而選車徒焉吉日美宣王田也能謹微接下無不自盡以奉其上焉）命官分土則嵩高韓奕烝人（大雅嵩高尹吉甫美宣王也天下復平能建國朝諸侯褒賞申伯焉韓奕尹吉甫美宣王也能錫命諸侯烝民尹吉甫美宣王也任賢使能周

室中興焉烝民作烝人避唐諱也南征北伐則六月采芑小雅六月宣王北伐也采芑宣王南征也平淮夷則江漢常武大雅江漢尹吉甫美宣王也能興衰撥亂命召公平淮夷常武召穆公美宣王也有常德以立武事因以爲戒焉鏗鍧炳燿鏗鍧鏜鼓聲鏗丘耕切鍧呼宏切盪人耳目盪音蕩又去聲他浪切故宣王之形容與其輔佐由今望之若神人然此無他以雅故也臣伏見陛下自即位以來平夏州永貞元年八月乙巳憲宗即位其年冬夏綏銀節度留後楊惠琳反元和元年三月夏州兵馬使張承金斬惠琳夷劒南永貞元年八月癸丑劒南西川節度使韋皐卒行軍司馬劉闢自稱留後元和元年

正月命高崇文率李元奕嚴礪李康以討闢擒闢以獻十月闢伏誅取江東元和二年十月鎮海軍節度李錡反殺留後王澹乙丑命王鍔討之癸酉鎮海軍兵馬使張子良執錡以獻十一月錡伏誅定河北元和七年八月魏博節度使田季安卒其子懷諫自稱知軍府事十月魏博軍以田季安之將田興知軍事是月興以六州歸于有司十一月赦魏博貝衛澶相六州詔興充魏博節度使賜名弘正元和四年成德軍節度使王承宗反五年赦之至十年有罪絕其朝貢詔六州節度進討十三年承宗獻德棣二州降今又發自天衷克翦淮右元和九年閏八月彰義軍節度吳少陽卒其子元濟自稱知軍事九月命嚴綬李光顏李文通烏重胤討之十二年十月克蔡州十一月元濟伏誅而大雅不作臣誠不佞然不勝

憤懣懣音悶一作踊懣一作憤踊踊音勇伏以朝多文臣不敢盡專數事謹撰平淮夷雅二篇雖不及尹吉甫召穆公等庶施諸後代有以佐唐之光明謹昧死再拜以獻臣宗元誠恐誠懼頓首頓首謹言

平淮夷雅二篇并序

皇武命丞相度董師集大功也元和十二年七月以宰相裴度爲中書侍郎同平章事充淮西宣慰處置使董督也

皇耆其武耆致也詩耆定爾功是也○耆巨移切旨韻于澱于淮澱水

名唐有溵水縣屬蜀陳州元和九年討蔡以李光顔爲陳州刺史又充忠武軍都知兵馬使始踰月權本軍節度使詔以其軍當一面光顔乃壁溵水其明年大破賊時曲又與烏重胤破賊小溵河旣巾乃車巾飾也周官有巾車之職左傳巾車脂轄巾一作徒環蔡其來其一作具狡衆昬嚚狡衆賊徒也昬嚚愚也口不道忠信之言曰嚚〇狡古巧切嚚魚巾切甚毒于酲酲酒病也音呈狂奔叫呶叫呶讙聲也詩或不知叫號載號載呶呶尼交切亦作詉以干大刑干一作扞〇皇咨于度惟汝一德曠誅四紀自吳少誠少陽至元濟五十年其徯汝克徯待也錫汝斧鉞其往視師師是蔡人以宥以釐音禧〇度拜稽首廟于

元龜元龜大龜也廟于元龜謂以元龜卜之於廟也旣禡旣類禡莫駕切
于社是宜禡類宜皆師祭也詩是類是禡禮記天子將出征類于上帝宜乎社
造乎禰禡于所征之地金節煌煌周禮凢邦國之使節山國用虎節土國用
人節澤國用龍節皆以金爲之錫盾雕戈說文銀鉛之間曰錫盾矛盾所以扞
身蔽目者雕琢也戈平頭戟○盾之允切犀甲熊旂周禮函人爲甲犀甲七屬
楚詞操吳戈兮被犀甲以犀爲鎧甲也又周禮熊虎爲旗今作旂通用威命是
荷詩百祿是何注何任也○度拜稽首出次于東天子
餞之是歲八月度赴淮西上御通化門送之蠹斝是崇蠹說文云龜目
酒樽刻木作雲雷之象象施不窮也斝玉爵夏曰琖商曰斝周曰爵一說斝受六升○斝

舉下切鼎臑俎胾臑羊豕臂也胾大臠也〇臑奴侯切胾側吏切五獻百籩禮記一獻質三獻文五獻察九百卿士班以周旋〇旣涉于滻滻水出京兆藍田關入灞滻水在京兆唐都於此度出討淮西涉此水以往滻音產〇乃翼乃前孰圖厥猶猶謂謀猶詩王猶允塞其佐多賢度表馬摠爲宣慰副使韓愈爲行軍司馬李正封馮宿李宗閔備幕府皆朝廷之選宛宛周道周道猶言大道也詩有棧之車行彼周道于山于川遠揚邇昭陟降連連〇我旆我旗說文旆者繼旐之旗沛然而垂于道于陌阡陌田間道南北曰阡東西曰陌訓于羣帥拳勇來格詩巧言無拳無勇職爲亂階注拳力也格至也公曰

徐之無恃頷頷 頷頷勇悍之貌書罔 晝夜頷頷鄂格切 式和爾
容惟義之宅 宅居 也 ○進次于郾 唐許州潁川 郡有郾城縣
與蔡州爲鄰裴度傳云度屯郾城勞諸軍宣 朝廷厚意士奮于勇李光顏傳云十一年四
月敗賊于郾城守將鄧懷金大恐率諸將來 服開門待光顏入之城自壞者五十版○郾
於幰於 獻二切 彼昏卒狂裒兇鞫頑 裒裂也鞫告也 詩采芑曰陳師
鞫旅鞫旅謂告其師旅 也○裒蒲侯切鞫音掬 蜂蝟斧螗 說文蝟蟲 也似豪豬
而小爾蝟毛刺是也 螗蟬也詩如蜩如螗 赤子匍匐厥父是亢 亢 拒
也爾雅云亢鳥嚨前漢貫高絶亢下郎切而 死師古曰亢者總謂頸也○亢音剛 怒其萌
芽以悖太陽 太陽日也三山老人語錄云柳 子厚平淮西雅曰赤子匍匐厥

父是亢怒其萌芽以悖太陽言賊以逆取敗最爲精確〇王旅渾渾胡本切是佚是佸既獲敵師若饑得餔餔申時食〇餔音步蔡兇伊窘悉起來聚左擣其虛擣音禱靡慫厥慮李祐言於李愬曰蔡之精兵皆在洄曲及四境拒守守城者皆羸老之卒可以乘虛直抵其城比賊將聞之元濟已成擒矣愬從之遂克蔡州〇載闢載袚袚謂袚除不祥丞相是臨十月度建彰義節將降卒萬餘人入蔡州弛其武刑弛解也施是切諭我德心度以蔡卒爲牙兵或諫曰蔡人反側者尚多不可不備度曰吾爲彰義軍節度使元惡既擒蔡人則吾人也又何疑焉蔡人聞之感泣其危既安有長如林長上聲曾是讙音歡譊女交切

左襄十四年成國不過半天子之軍成國謂公侯之國

化爲謳吟○皇曰來歸汝復相予爵之成國[一作公于有晉以下文觀之意若重複]胙以夏區[度本傳度入朝策勳進金紫光祿大夫弘文館大學士上柱國晉國公戶三千復知政事晉地卽夏之所都左傳昔武王克商分唐叔命以唐誥而封於夏墟夏墟今太原晉原也胙報也]度拜稽首天子聖神度拜稽首皇祐下人○淮夷旣平震是朔南宜廟宜郊以告德音歸牛休馬[歸馬于華山之陽放牛于桃林之野示天下弗服牛一作刃]豐稼于野我武惟皇永保無疆

皇武十有一章章八句

◎

方城命愬守也卒入蔡得其大醜以平淮右左傳楚國方城專以爲城方城山名在唐州元和十一年十二月以李愬爲唐鄧隋節度使與元濟戰數有功十二年十月愬自文城因天大雪疾馳百二十里夜半至懸瓠城破其門取元濟以獻得其大醜謂此大醜大酋也易曰獲其大醜○愬音訴

方城臨臨王卒峙之爾雅供峙具也峙直里切匪徵匪競徵求也十竟切皇有正命正一作王皇命于愬往舒余仁

踣彼艱頑踣僵也蒲墨切柔惠是馴○愬拜卽命于

皇之訓書于帝其訓于謂遵行也旣礪旣攻礪淬礪書礪乃鋒刃以

後厥刃王師嶷嶷詩克岐克嶷魚力切又九嶷山名也○嶷音疑熊

罷是式式猶似也銜勇韜力銜乎監切日思矛殛殛誅也蓋言欲誅賊也一作思奮矛殛又一作日思奮殛〇寇昏以狂敢蹈愬

疆士獲厥心大祖高驤驤舉首也長戟會矛考工記會矛長有四尺注云會發聲直謂矛爾粲其綏章詩王錫韓侯錫其綏章注云綏所引以登車有采章也粲采章貌

右翦左屠聿禽其良十二年二月愬擒元濟捉生虞候丁士良士良元濟驍將愬釋其縛署爲捉生將士良感之言於愬曰賊將吳秀琳擁三千之衆據文城柵爲賊左臂官軍不敢近者有陳光洽爲之謀主也士良能擒光洽戊申果擒光洽以歸三月秀琳以文城柵降愬慰勞之〇其良

旣宥告以父母恩柔于肌卒貢爾有維彼攸

恃乃偵乃誘愬厚待秀琳與之謀取蔡秀琳曰公欲取蔡非得李祐不可愬遣廂虞候史用誠生擒祐以歸釋不殺用其策戰有功偵候也問也維彼攸宅乃發乃守○其恃爰獲我功我多陰諜厥圖諜間諜達協切以究爾訛雨雪洋洋雨去聲大風來加十月愬軍出攻蔡夜至張柴村風雪旌旗裂人馬凍死者相望于燠其寒燠乙六切于邇其遐○汝陰之茫汝陰蔡州之境懸瓠之峨懸瓠蔡州城取其形似峨高也愬傳云愬入蔡州取吳元濟道分輕兵斷橋以絕洄曲道又以兵絕朗山道行七十里夜半至懸瓠城雪甚城旁皆鵝鶩池愬令擊之以亂軍聲賊恃吳房朗山戍晏然無知者是震是拔大殲厥家殲將廉切狡

◎

虜既縻輸于國都示之市人卽社行誅愬至懸瓠
城壬申攻牙城毀其外門癸酉毀其南門元濟於城上請罪梯而下檻送京師十一月以
元濟獻廟社斬獨柳下一本作以誅○乃諭乃止蔡有厚喜完
其室家仰父俯子劉夢得嘉話拾遺言柳八駁平淮西碑云左餐右粥
何如平淮夷雅仰父俯子又云韓碑兼有帽子使我爲之便說用兵討叛汝水沄
沄沄沄水流轉貌音云既清而瀰瀰渺瀰水貌瀰一作夷蔡人行歌
我步逶遲逶於危切○蔡人歌矣蔡風和矣孰類
蔡初類盧對切晏本作類胡甈爾居甈甈不安貌爾雅康瓠謂之甈說文
康瓠破罌也前漢賈誼傳注康瓠瓦盆底甈牛列切式慕以康爲愿有

餘是究是咨皇德既舒○皇曰咨愬裕乃父功裕大昔我文祖惟西平是庸愬父晟事德宗平朱泚之亂功多封西平王庸用也內誨于家外刑于邦刑典刑也孰是蔡人而不率從○蔡人率止惟西平有子西平有子惟我有臣疇允大邦漢書疇其爵邑疇等也蔡平以愬撿校尚書左僕射襄州刺史充山南東道節度襄鄧隋唐復郢均房等州觀察使一本允作亢字俾惠我人于廟告功以顧萬方黄狀元唐曰學者皆以平淮一事爲章武雋功韓柳二詩爲工於文愚竊笑之淮蔡唐地也元濟唐臣也外連姦雄內剌宰相併天下之力僅能取三州困斃之餘本吾臣子而以逆誅之本吾故

地而以新復之君臣動色相慶有靦面目矣昔魏太祖時國淵破田銀蘇伯於河間及上首級如其實數太祖問其故淵曰河間封內之地銀等叛逆雖克敵有功淵竊耻之諸葛孔明出祁山而南安天水安定歸降且拔千餘家還漢中蜀人皆賀孔明感容曰普天之下莫非漢民以此爲賀能不爲愧嗚呼國子尼不以討封內之寇爲有功孔明不以得漢氏之民爲可賀則唐室平藩鎮之逆又果足以形於歌詠乎二子之見亦韓柳有所不及者矣

方城十有一章章八句按此篇十有一章而今止十疑有闕文姑仍舊本以俟知者

唐鐃歌鼓吹曲十二篇并序鐃如鈴無舌有秉軍

法卒長執鐃古今注漢樂有黃
門鼓吹天子所以宴羣臣短簫
鐃歌鼓吹之一章爾亦以錫有
功諸侯○鐃女交切吹尺僞切

負罪臣宗元（一無負罪二字）言臣幸以罪居永州（憲宗即位改元元和十一月公貶永州司馬）受食府廩竊活性命得
視息無治事時恐懼小間（音閑）又盜取古書文
句聊以自娛（元俱切）伏惟漢魏以來代有鐃歌
鼓吹詞（見下注）唯唐獨無有臣爲郎時以太常
聯禮部（公爲禮部員外郎與太常寺相近）嘗聞鼓吹署有戎
樂詞獨不列今又考漢曲十二篇（晉志云漢時有短簫

鐃歌之樂其曲有朱鷺思悲翁艾如張上之回雍離戰城南巫山高上陵將進酒君馬黃芳樹有所思雉子班聖人出上邪臨高臺遠如期石留務成玄雲黄爵行鈞竿亢二十二曲列於鼓吹多序戰陣之事序云十二篇豈公之所取者止於是耶巳下魏晉曲亦與序不同意倣此唐歐陽詢載梁沈約鼓吹曲十二首云漢第一曲朱鷺今木紀謝漢第二曲思悲翁今賢首山漢第三曲艾如張今桐柏山漢第四曲上之回今道亡漢第五曲翁離今抗威漢第六曲戰城南今漢東流漢第七曲巫山高今鶴樓峻漢第八曲上陵今昬主漢第九曲將進酒今石首局漢第十曲有所思今期運集漢第十一曲芳樹今於穆漢第十二曲上雅今大梁公云漢曲十二篇疑本於此也

魏曲十四篇

及魏受命改其十二曲使繆襲爲詞述以功德代漢改朱鷺爲楚之平言魏也改思悲翁爲戰滎陽

言曹公也改艾如張爲獲呂布言曹公東圍臨淮擒呂布也改上之回爲克官渡言曹公與袁紹戰破之於官渡也改雍離爲舊邦言曹公勝袁紹於官渡還譙收藏死亡士卒也改戰城南爲定武功言曹公初破鄴武功之定始乎此也改巫山高爲屠柳城言曹公越北塞歷白檀破三郡烏丸於柳城也改上陵爲平南荆言曹公平荆州也改將進酒爲平關中言曹公征馬超定關中也改有所思爲應帝期言文帝以聖德受命應運期也改芳樹爲邕熙言魏氏臨其國君臣邕穆庶績咸熙也改上邪爲太和言明帝繼體承統太和改元德澤流布也其餘並同舊名魏樂亦二十二曲今云十四篇

晉曲十六篇

及晉武帝受禪令傅玄裂爲二十二篇述以功德代魏改朱鷺爲靈之祥改思悲翁爲宣受命改艾如張爲征遼東改上之回爲宣輔政改雍離爲時運多難改巫山高爲平

玉衡改上上陵爲文王統百揆改將進酒爲因時運改有所思爲惟庸蜀改芳樹爲天序改上邪爲大晉承運期改君馬黃爲金靈運改雉子班爲於穆我皇改聖人出爲仲春振旅改臨高臺爲夏苗田改遠如期爲仲秋獮田改石留爲順天道改務成爲唐堯改黃爵行爲伯益釣竿依舊名其改者辭各有所指猶魏之改漢也今云十六篇意見上

漢歌詞不明紀功德魏晉歌功德具今臣竊取晉魏義用漢篇數爲唐鐃歌鼓吹曲十二篇紀高祖太宗功能之神奇因以知取天下之勤勞命將用師之艱難并有戎事治兵振旅幸歌臣詞以爲容容謂容貌威儀也漢時徐生善爲容是也且得大

戒宜敬而不害臣淪棄郎死言與不言其罪等耳猶冀能言有益國事不敢效怨懟默已懟亦怨也左傳以死誰懟○懟直類切又音隊謹冒死上

隋亂既極唐師起晉陽平姦豪爲生人義主以仁與武爲晉陽武第一晉陽太原屬邑隋煬帝大業十二年以唐高祖爲太原留守時煬帝南遊江淮天下盜起太宗在晉陽陰有安天下之志義寧元年晉陽宮監裴寂晉陽令劉文靜與太宗協謀遂起義兵於晉陽八月高祖克長安武德元年受隋禪郎位焉

晉陽武奮義威煬之渝煬暴也渝一作淪淪喪也言煬帝失德以亡其國煬音漾○德焉歸氓畢屠言民皆屠戮也綏者誰皇烈烈專天機號以仁揚其旗日之昇九土晞九土九州晞一作熙訴田圻音沂一作斥田圻坼恥格切流洪輝有其二論語三分天下有其二以服事殷翼餘隋斮梟鷙斮說文云斬也梟鷙惡鳥以喻叛臣前漢郊祀志古天子春祠黃帝用一梟破鏡梟鳥名食母破鏡獸名食父黃帝欲絕其類使百吏祠皆用之破鏡如貙而虎眼漢五月五日作梟羹以賜百官鷙不祥鳥也白身赤口斮側畧切梟古堯切鷙五高切○連熊螭枯以肉勃者羸勃音勃羸倫為切后土蕩蕩平也玄穹彌合

之育莽然施、惟德輔書皇天無親惟德是輔慶無期、

右晉陽武二十六句句三字

唐既受命李密自敗來歸以開黎陽

斥東土爲獸之窮第二李密遼東襄平人隋末楊元感起兵黎陽密往從之不見用元感敗密潛歸以策干東都賊翟讓讓推密爲謀主號魏公移檄州縣列煬帝十罪天下震動義寧元年隋遣王世充選卒十萬擊密唐武德元年密失利遂與其衆二萬人歸關中既至高祖拜光祿卿封邢國公後禮寖薄密意不平未幾高祖遣密詣山東收其餘衆遹復有

詔召密密懼遂謀叛據姚林城熊州副將盛彥師擊斬之傳首長安○一本題云李密自邛山之敗其下皆貳伯王之業知天授在唐遂歸於有道享我爵命爲獸之窮

獸之窮奔大麓麓山足書納于大麓以獸喻密故云奔大麓也○麓音鹿天厚黃德狙獷服唐以土德代隋故云黃德楊雄劇秦美新肉角之獸狙獷而不臻注狙獷犬嚙人者也○狙七余切獷古孟切甲之櫜弓弭矢櫜所以藏弓之器詩言載櫜弓矢是也弭止也箙矢房所以藏矢○櫜音羔弭綿婢切箙音服皇旅靖敵逾處自亡其徒匪予戮屈贙猛贙猛獸音獻按唐韻集韻官韻並無贙字或謂當作虣虣音暴強侵也周禮有司虣氏

虔慄慄音栗縻以尺組嗷以秩此謂密至長安以爲光祿卿邢國公○縻作皮切嗷杜覽切與啗同黎之陽土茫茫富兵戎盈倉箱乏者德莫能享音香協韻義同去聲驅豺兕授我疆

右獸之窮二十二句其十八句句三字其四句四字

太宗師討王充建德助逆師奮擊武牢下擒之遂降充爲戰武牢第三

唐武德元年煬帝凶問至東都王世充等奉越王侗即皇帝位

侗封世充鄭國公二年世充脅越王侗求禪遂僭位改元國號鄭三年七月高祖詔秦王世民督諸軍討世充先是竇建德爲越王侗所封爲夏王與世充結權四年三月建德悉起兵救世充五月世民大破建德之衆于武牢執之王世充舉東都降河東平王充充卽王世充也避太宗諱故去世字餘倣此

戰武牢動河朔河朔謂建德所據之地逆之助圖掎角左傳襄十四年曰譬如捕鹿晉人角之諸戎掎之注云掎其足也三國志吳陸遜攻蜀曰掎角此寇正在今日○掎居綺切怒彀麛彀鳥子生須哺者麛鹿子彀麛以喻世充建德也○彀古候切諸本作鷇音丘候切義同麛字音莫兮切抗喬嶽喬嶽

畀當作畢
拲家義兩
足兩畢斮

太山翹萌芽翹舉也傲霜雹王謀內定申掌握鋪施芟夷二主縛憚華戎廓封畧命之瞢命謂天命瞢不明也○瞢毋亘切又蒙𧰟夢三音畀以斮斮斬也歸有德音斫唯先覺

右戰武牢十八句其十六句句三字其二句句四字

薛舉據涇以死子仁杲尤勇以暴師平之爲涇水黃第四薛舉隋末起兵隴西自號西秦霸王唐武德元年寇涇州敗唐兵八月謀取長安會有疾

死子仁杲立復圍涇州十一月
秦王至高墌城仁杲使宗羅睺
將兵來拒秦王遣將擊之於淺
水原羅睺軍大潰秦王乃親率
驍騎據涇水臨之仁杲遂
降十二月歸斬于長安市

涇水黃漢地理志涇水出安定郡涇陽縣开頭山東南至陵陽入渭詩云涇以渭濁故云涇水黃也隴野茫舉盡有隴西之地茫茫大也負太白騰天狼太白天狼皆星名天官書曰秦之疆候在太白占於狼狐蓋太白當秦秦疆而涇隴即秦地故云又天狼妖星以踰貪殘楚詞舉長矢兮射天狼有鳥鷙立鷙音至羽翼張鉤喙決前喙口也許穢切鉅趯傍鉅足距趯跳也○趯音惕鉅一作距怒飛饑嘯翾不可當翾小飛貌隳緣切老

雄死子復良、舉卒仁杲借稱帝巢岐飲渭肆翺翔岐岐、山渭渭水○翺牛刀切翔音祥頓地紘紘八紘也選云設天網以該之頓八紘以掩之提天綱列缺掉幟列缺電名選云霹靂列缺陵陽子明經曰列缺氣去地二千四里列缺掉幟言其旗幟飛動如列缺也○幟音尺志切招搖耀鋩、招搖星名晉志招搖主胡兵禮記招搖在上急繕其怒招搖北斗七星也北斗居方宿之中以斗末從十二月建而指之則四方宿不差今軍行法云亦作此北北斗星在軍中舉之於上以正四方○鋩音芒鬼神來助夢嘉祥、腦塗原野魄飛揚、謂斬仁杲及其首帥等星辰復恢一方、

右涇水黃二十四句其十五句句三字其九句句

句四字

輔氏憑江淮竟東海命將平之爲奔

鯨沛第五輔氏輔公祏也隋季與杜伏威爲盜轉掠淮南伏威號總管公祏爲長史唐武德二年伏威遣使歸國詔授公祏淮南道行臺封舒國公六年伏威入朝公祏居守八月遂稱帝於丹陽國號宋脩陳故宮室居之遣將侵海州寇壽陽詔趙郡王孝恭及李靖黃君漢李世勣等討之七年三月公祏敗走野人執送孝恭孝恭斬之傳首京師

奔鯨沛盪海垠盪搖盪垠岸盪音蕩又宅浪切垠魚巾切吐霓翳

日腥浮雲帝怒下顧哀墊昬書下民昬墊○墊都念切授

以神柄推元臣此謂詔襄州道行臺僕射趙郡王孝恭等討公祏也手

援天矛截脩鱗此謂孝恭大敗公祏擒之也披攘蒙霿武賦切與霧同又茂夢二音開海門地平水靜浮天根羲和

顯耀淮南子羲和日御也乘清氛赫炎溥暢融大鈞

右奔鯨沛十八句其十句句三字其八句句四字

梁之餘保荊衡巴巫窮南越良將取

之不以師爲苞栟第六蕭銑後梁宣帝曾孫故曰梁之餘義寧元年十月自稱梁王二年僣稱皇帝西至三

峽南盡交趾北拒漢水皆附屬勝兵至四十餘萬武德元年徙居江陵四年九月高祖詔發巴蜀兵以趙郡王孝恭李靖統十二總管討銑十月銑出降送長安斬于都市南方郡縣聞之皆望風款附說文栟伐餘木也牙葛切

莅栟⿰⿱业黑寸矣官韻唐韻集韻玉篇並無⿰⿱业黑寸字疑作⿰⿱业日寸傳寫者誤書日爲黑耳⿰⿱业日寸音隊茂也惟根之蟠彌巴蔽荆荆郎江陵銑所居地負南極以安曰我舊梁氏曰音冒緝綏艱難江漢之阻都邑固以皃音完聖人作神武用有臣勇智奮不以衆投跡死地謀猷縱化敵爲家慮則中

浩浩海裔不威而同係縲降王定厥功孟子係縲其子弟注係縲猶結縛也謂孝恭送銑於長安也○縲力追切降胡江切澶漫萬里澶漫大水貌杜詩澶漫山東二百州謂宣散遠也○澶音僤漫謨官莫半二切

唐風蠻夷九譯咸來從傳四方之言曰譯音亦凱旋金奏像形容趙王孝恭傳銑降帝悅遷孝恭荊州大總管詔圖破銑狀以進震赫萬國罔不龔音恭義同通用

右苞抴二十八句其十六句句四字其三句句五字其九句句三字

李軌保河右師臨之不克變或執以

降爲河右平第七軌字處則武威姑臧人義寧元年七月自稱河西大梁王盡有河西五郡之地唐武德元年高祖與書招撫之冊拜爲梁州總管封梁王二年軌奉書稱皇從弟大涼皇帝臣軌而不受官爵高祖怒始議討之五月軌將安興貴執軌以聞河西悉平

河右澶漫澶漫見上註頑爲之魁王師如雷震崑崙以頹崑崙山名在梁地崑音昆崙盧昆切頹徒回切上聾下聽鷙不可迴軌將安興貴仕長安表請說軌遣之與貴至武威乘間說軌令舉河西以歸唐不聽助讐抗有德惟人之災乃潰乃奮執縛

歸厥命郎謂安輿貴執軌以聞也萬室蒙其仁一夫則病濡以鴻澤濡霑濡皇之聖威畏德懷功以定順之于理物咸遂厥性

右河右平十八句其十一句句四字其五句句五字其二句句三字

突厥之太古夷狄莫强焉師大破之降其國告于廟爲鐵山碎第八突厥古匈奴北部隋大業中始畢可汗立其族强盛高祖起義兵遣劉文靜聘始畢引以爲援遣兵從平京城自後恃功驕踞唐武

德二年又立突利可汗頡利突利承父兄之資尤有憑陵中國之意九年入寇便橋太宗親與盟于渭上未幾復寇貞觀三年太宗詔李靖李勣六總管師九十餘萬討之十二月突利率所部來奔四年正月靖進屯惡陽嶺夜襲定襄破之頡利懼竄鐵山靖乘間襲擊遂大破滅其國頡利出奔張寶相生擒之復定襄安常之地斥地界自陰山北至大漠○厥九勿切

鐵山碎大漠舒二虜勁二虜頡利突利二可汗也連穹廬背北海專坤隅歲來侵邊或傳于都傳音附天子命元帥奮其雄圖破定襄降魁渠靖襲定襄破之

頡利所親康蘇密來降窮竟窟宅斥余吾斥開也余吾匈奴地名前漢武帝紀馬生余吾水中應劭注云在朔方北也斥一作幷百蠻破膽邊氓蘇威武燀耀明鬼區燀炊也左傳燀之以薪鬼區夷遠燀齒善切一作燀利澤瀰萬祀功不可踰官臣拜手左傳官臣偃實先後之註官臣守官之臣惟帝之謨

右鐵山碎二十二句其十一句句三字其九句句四字其二句句五字

劉武周敗裴寂咸有晉地太宗滅之

爲靖本邦第九唐武德二年劉武周率兵侵并州又

進寇介州陷之五月高祖遣李文仲討之一軍全沒六月右僕射裴寂請自行進討七月又爲其將宋金剛所敗武周進逼并州遂據太原遣金剛進攻晉州六日城陷太宗表請益兵往擊之三年四月敗金剛於雀兒谷又破武周于洛州武周及金剛奔突厥太宗進平并州遂復故地

本邦伊晉惟時不靖根柢之搖柢木根典禮切漢書音蔕枝葉攸病守臣不任謂裴寂爲晉州道行軍總管與武周戰敗績勩于神聖勩勞也謂勞太宗自平之也○勩羊至切又音曳惟鉞之典翦焉則定洪惟我理洪一作往式和以敬羣頑

既夷庾績咸正皇謨載大惟人之慶

右靖本邦十四句句四字

李靖滅吐谷渾西海上爲吐谷渾第十

吐谷渾居甘松山之南洮水之西隋時其王慕容伏允寇邊煬帝敗之太宗時屢入寇然伏允耄不能事其相天柱王用事貞觀九年詔李靖爲西海道行軍大總管與侯君集等擊之伏允謀入磧靖等決策深入破之柏海上

吐谷渾盛彊背西海以夸歲侵擾我疆退匿險且遐帝謂神武師往征靖皇家烈烈旆其

旗詩武王載旆有虔秉鉞如火烈烈熊虎雜龍蛇周禮交龍爲旂熊虎
爲旗鳥準爲旟龜蛇爲旐王旅千萬人銜枚默無譁漢書章邯
夜銜枚擊項梁顏師古註銜枚者止言語譁囂欲令敵人不知其來也周官有銜枚氏枚
狀如箸橫銜之繣絜於項繣者結礙也絜束者繞也蓋爲結繞而繞項也○譁音華
刄踰山徼古堯切又音叫境也張翼縱漠沙一舉刈羶
腥尸骸積如麻除惡務本根左傳隱六年善爲國家者見惡
如農夫之務去草焉芟夷蘊崇之絕其本根勿使能植況敢遺萌芽洋
洋西海水威命窮天涯係虜來王都見題註犒
樂窮休嘉犒口到切登高望還師竟野如春華竟一

作競行者靡不歸親戚讙要遮楊雄傳淫淫與與前後要遮要伊消切凱旋獻清廟萬國思無邪

右吐谷渾二十六句句五字

李靖滅高昌爲高昌第十一高昌地在京師西四千八百里唐武德二年麴文雅孚立爲王貞觀四年文雅入朝久之與西突厥通遂踈朝貢之禮十三年命吏部尚書侯君集爲交河道大總管率薛萬鈞等擊之十四年文雅死子智盛立王師進逼其都智盛乃降以其地爲西州據新舊史高昌傳及李靖傳皆不見靖滅高昌事而公題云靖滅高昌無所考

焉

麴氏雄西北別絶臣外區別異也外區謂西突厥別筆列切既恃遠且險縱傲不我虞烈烈王者師熊螭以爲徒螭抽知切龍旂翻海浪龍旂見前篇註馹騎馳坤隅説文馹驛傳也音日賁育搏嬰兒孟賁夏育皆衛人有勇力者其唐兵滅高昌如賁育之搏嬰兒○賁音奔一掃不復餘平沙際天極但見黃雲驅臣靖執長纓漢終軍自請願受長纓必羈南越王而致之闕下本傳智勇伏囚拘漢賈誼傳窘若囚拘文皇南面坐夷狄千羣趨咸稱天子神往古不得俱獻

號天可汗貞觀四年滅突厥四夷君長詣闕請帝爲天可汗帝曰我爲大唐天子又下行可汗事乎羣臣及四夷皆稱萬歲是後以璽書賜西北君長皆稱天可汗○汗音寒以覆我國都兵戍不交害戍一作戎各保性與軀

右高昌二十二句句五字

既克東蠻羣臣請圖蠻夷狀如周書王會爲東蠻第十二唐東謝蠻在黔州西數百里貞觀三年其酋長謝元升入朝冠烏熊皮履以金銀絡額身被毛帔韋皮衍縢而著履中書侍郎顏師古因奏言周武王時

遠國歸款周史乃集其事爲王會篇今萬國來朝至如此輩章服實可圖寫今請撰爲王會圖詔從之以其地爲應州仍拜元升爲刺史譚賓錄云顏師古奏言乃命尚書閣立本圖之

東蠻有謝氏冠帶理海中自言我異世雖聖莫能通王卒如飛翰翰毛也詩如飛如翰翰侯旰切又音寒鶻鶱駭羣龍鶻鳥也鶱飛貌鶻音朋鶱音軒轟然自天墜漢書周亞夫東擊吳楚趙涉遮說曰將軍何不從此右去走藍田出武關抵雒陽直入武庫擊鳴鼓諸侯聞之以爲將軍從天而下也此用其意○轟呼宏切車聲也乃信神武功縶虜君臣人累累來自東累倫追切無思不服從

唐業如山崇、百辟拜稽首咸願圖形容、如周王會書汲冢周書第五十九篇名王會其圖天子南面立唐叔康叔周公在左太公望在右內臺四面者正北方應諸侯曹叔伯舅比服次之要服次之荒服又次之是皆朝於內者永永傳無窮、睢盱萬狀乖睢盱張目貌選天地未祛睢睢盱盱註視不明貌○睢音雖盱凶于切咿嗢九譯重、咿嗢言不明也前漢越裳氏重譯獻白雉張衡東京賦重舌之人九譯僉稽首而來王九譯者謂譯語度九重之國乃至于此也○咿音伊嗢乙骨切廣輪撫四海周禮大司徒周知九州之地域廣輪之數馬融云東西爲廣南北爲輪輪從也浩浩知皇風、

歌詩鐃鼓間以壯我元戎、

右東蠻二十二句 句五字

貞符 并序按序云臣爲尚書郎時嘗著貞符公爲尚書禮部員外郎在永貞元年貞符蓋是時作然是年冬公繼貶永州司馬而序又云臣所貶州吳武陵爲臣言董仲舒對三代受命之符則序蓋在永州作宋景文筆錄云柳子厚正符禇說雖模寫前人體式然自有新意可謂文矣

負罪臣宗元一無負罪二字惶恐言臣所貶州流人吳武陵流人謂遷謫貶降者爲臣言董仲舒對三代受命之符董仲舒策曰天之所大奉使之王者必有非人力所能致而自至者此受

命之符也天下之人同心歸之若歸父母故天瑞應誠而至書曰白魚入于王舟有火復于王屋流爲烏此蓋受命之符也誠然非耶臣曰非也何獨
仲舒爾自司馬相如劉向楊雄班彪彪子固
皆沿襲嗤嗤充之切推古瑞物以配天命司馬相如封禪文劉向洪範五行傳楊雄劇秦美新班彪王命論班固典引皆言符瑞之應其
言類淫巫瞽史誑亂後代誑古况切不足以知聖
人立極之本顯至德揚大功一作公甚失厥趣
臣爲尚書郎時嘗著貞符言唐家正德受命
於生人之意累積厚久宜享年無極之義一無

年字本末闕闊會貶逐中輟不克備究武陵郎

叩頭邀臣此大事不宜以辱故休歎（傾雪切）使

聖王之典不立無以抑詭類拔正道表覈萬

代（表覈猶表正也）臣不勝奮激郎具爲書念終泯沒

蠻夷不聞于時獨不爲也苟一明大道施于

人世死無所憾用是以決臣宗元稽首拜手

以聞曰

孰稱古初朴蒙空侗而無爭（揚子天降生民空侗顓蒙空侗無知貌）厥流以訛（流謂末流訛謬也）越乃奮敓鬭怒振

動專肆爲淫威書敓攘矯虔敓古奪字一作擊諸本作振動靜專唐書無靜字今以唐書爲據曰是不知道惟人之初總總而生林林而羣雪霜風雨雷雹暴其外於是乃知架巢空穴挽草木取皮革饑渴牝牡之欲敺其內於是乃知噬禽獸咀果穀噬音誓咀在呂切合偶而居交焉而爭睽焉而鬬力大者搏齒利者齧齧噬也倪結切爪剛者決羣衆者軋乙黠切兵良者殺披披藉藉草野塗血然後强有力者出而治之往往爲曹於險阻用號令起而君臣

什伍之法立（什伍謂兵法也五人爲伍十人爲什）德紹者嗣道
怠者奪於是有聖人焉曰黃帝遊其兵車（一無
遊字）交貫乎其內一統類齊制量（制量謂法制度量也）然
猶大公之道不克建於是有聖人焉曰堯置
州牧四岳持而綱之立有德有功有能者參
而維之運臂率指屈伸把握莫不統率堯年
老（一無堯字）舉聖人而禪焉太公乃克建由是觀
之厥初罔匪極亂而後稍可爲也（一有而字）非德
不樹故仲尼叙書於堯曰克明峻德於舜曰

濬哲文明於禹曰文命祗承于帝於湯曰克寬克仁彰信兆民於武王曰有道曾孫稽揆典誓貞哉惟茲德實受命之符以奠永祀後之妖淫嚚昏

○左傳口不道忠信之言爲嚚嚚魚山切諸本作嚻非是

好怪之徒乃始陳大電

河圖云少典妃附寶見大電光繞北斗樞星耀郊野附寶意感而生黃帝於壽丘

大虹

世紀又云舜母握登見大虹意感而生舜沈約宋書瑤光如虹貫月感女樞而生顓頊大星如虹流華渚而女節生少昊○虹胡公切

玄鳥

詩商頌天命玄鳥降而生商註云玄鳥鳦也湯之先祖有娀氏女簡狄配高辛氏生契箋云鳦遺卵簡狄吞之而生契史記帝嚳少妃簡狄以春分祀高媒而玄鳥

遺其卵簡狄吞之孕而生契焉巨跡史記又云帝嚳元妃姜嫄見大人跡履之感而生稷詩生民履帝武敏歆箋云高辛初郊禖之時有大神之跡姜嫄履之而生棄白狼帝王世紀曰有神牽白狼銜鉤入殷朝尚書璇璣鈐曰湯受金符帝籙白狼銜鉤入殷朝○狼音郎白魚流火之烏武王伐紂渡河中流白魚躍入王舟中武王俯取以祭既渡有火自上復于下至于王屋流爲烏其色赤其聲魄云董仲舒策引書白魚入于王舟註謂今文尚書泰誓之辭謂武王伐紂時有此瑞也前漢郊祀志曰周得火德有赤烏之符注引尚書事候曰有火自天止于王屋流爲赤烏五至以穀俱來以爲符斯踳詭譎闕誕詭古委切譎古穴切其可羞也而莫知本于厥貞漢用大度漢書高紀常有大度克懷于

◎

有珉登賢庸能濯痍煦寒痍音夷煦吁句切以瘳以

熈兹其爲符也而其妄臣乃下取虺蛇虺許偉切

上引天光史記高帝被酒夜徑澤中有白蛇當道高帝拔劒斬之後人来至蛇所有一老嫗哭曰吾子白帝子化爲蛇當道今爲赤帝子斬之入曰高帝入關五星聚于東井班彪王命論曰初劉媼姙高祖而夢與神遇震電晦明有龍蛇之怪是以王武感物而折券呂公覩形而進女秦皇東遊以壓其氣呂后望雲而知所處始受命則白蛇分西入關則五星聚故淮陰留侯謂之天授非人力也公意其指此乎推類號休號胡刀切下有號同用夸誣于無知珉增以騶虞神鼎元狩元年漢武行幸雍祠五畤獲白麟漢無騶虞當謂此白麟也元鼎四年六月得寳鼎

汾陰后土祠旁騶虞仁獸也司馬相如封禪書曰囿騶虞之珍羣又曰般般之獸樂我君囿白質黑章其儀可喜言時得此獸也元鼎元年得寶鼎汾水上因是改元四年六月又得之○騶側鳩切脅敺縱臾西漢衡山王傳日夜縱臾王謀反事註縱臾勉強也○上子勇切下音勇俾東之泰山石閭武帝太初三年夏四月還修封泰山禪石閭郊祀志云石閭在泰山下阯南方方士言仙人閭也故上親禪焉○閭夌如切作大號謂之封禪封禪者天高而可冀近靈也○禪音擅古文上亦作禪皆尚書所無有莽述承效王莽承漢亦作符命公孫述效之亦安引讖文而稱帝莽傳前煇光謝囂奏武功長孟通浚井得白石上圓下方有丹書著石文曰告安漢公莽爲皇帝符命之起自此始述爲益州牧有龍出于其府

殿中夜有光燿述以爲符瑞因刻其掌文曰公孫帝卒奮鷔逆其後有賢帝曰光武克綏天下復承舊物猶崇赤伏漢書光武在長安時同舍生彊華自關中奉赤伏符曰劉秀發兵捕不道四夷雲集龍鬬野四七之際火爲主羣臣奏曰受命之符人應爲大光武因此崇尚符讖建武元年也以玷厥德魏晉而下尨亂鈎裂厥符不貞邦用不靖亦罔克久駿乎無以議爲也積大亂至于隋氏環四海以爲鼎跨九垠以爲鑪垠音銀鑪音盧爨以毒燎爨爨炊也燎燎放火也爨取亂切燎音了煽以虐焰煽熾也焰火光也煽音扇焰以贍切○其人沸湧灼爛號呼騰

蹈莫有救止於是大聖乃起丕降霖雨濬滌盪沃蒸爲清氛踈爲泠風（泠音零）人乃漻然休然（漻水清深然也音聊）相睎以生相持以成相彌以寧琢斮屠剔（琢丁角切疑作呂刑劓刖椓黥椓字）膏流節離之禍不作而人乃克完平舒愉尸其肌膚以達于夷途焚坼抵掎奔丢轉死之害不作（死一作徙）而人乃克鳩類集族歌舞悅懌用祗于元德徒奮袒呼犒迎義旅讙動六合至于麾下（麾者大將之旗）大盜豪據阻命遏德義威殄戮咸墜厥緒

無劉于虐盡殺曰劉人乃並受休嘉去隋氏克歸

于唐躑躅謳歌躑躅行不進貌上直炙切下除玉切灝灝和寧

灝音浩帝庸威栗惟人之爲敬奠厥賦奠定也積

藏于下韓詩外傳曰王者藏於天下諸侯藏於百姓是謂豐國鄉

爲義稟斂發謹飭歲丁大侵五穀不熟謂之大侵見穀梁傳

襄公二十四年人以有年簡于厥刑不殘而懲是謂

嚴威小屬而支而若也不斷而支體也下而字同義○屬之欲切大

生而孥愷悌祇敬用底于治一作理凡其所欲

不謁而獲凡其所惡不祈而息四夷稽服不

作兵革不竭貨力丕揚于後嗣用垂于帝式

十聖濟厥治（高祖太宗高宗中宗睿宗玄宗肅宗代宗德宗順宗凡十帝是爲十聖治高宗諱恐作理字）孝仁平寛惟祖之則澤久而

逾深（逾一作愈）仁增而益高人之戴唐永永無窮

是故受命不于天于其人休符不于祥于其

仁惟人之仁匪祥于天匪祥于天兹惟貞符

哉未有喪仁而久者也未有恃祥而壽者也

商之王以桑穀昌以雉雊大（商太戊時有桑穀共生於朝一暮大拱伊陟曰妖不勝德太戊修德桑穀死至高宗時祭成湯有飛雉升鼎耳而雊高宗

修政行德殷道遂復興桑穀見書咸有一德雉雊見書高宗肜日雊鳴也雊古候切宋之君以法星壽廣雅曰法星熒惑也宋景公三十七年熒惑守心心宋之分野景公憂之司星子韋曰可移於相公曰相吾之股肱曰可移於民公曰君者待民曰可移於歲公曰歲飢民困吾誰爲君子韋曰天高聽卑君有君人之言三熒惑疑有動於是候之果徙三舍舍行七星星當一年年故延二十一年景公在位六十四年而卒鄭以龍衰魯昭公十九年鄭大水龍鬬于時門之外洧淵魯以麟弱哀公十四年春西狩獲麟白雉亡漢漢平帝元始元年春正月越裳氏重譯獻白雉一黑雉二黃犀死莽平帝元始二年黃支國獻犀牛王莽班符命總說曰肇命於新都受瑞於黃支孟康曰獻生犀惡在其爲符也惡音烏不勝

唐德之代光紹明濾深鴻厖大保人斯無疆宜薦于郊廟文之雅詩祗告于德之休帝曰諶哉諶時任切亦作忱乃黜休祥之奏究貞符之奥思德之所未大求仁之所未備以極于邦治以敬于人事其詩曰

於穆敬德於歎辭穆美也詩於穆清廟於音烏一作穆穆敬德黎人皇之言唐有敬德黎民歸之也惟貞厥符浩浩將之將助也仁函于膚刃莫畢屠澤熯于爨熯火乾也音罕又音漢一作寒濤炎以澣濤涫也澣濯垢也○濤方味切澣音緩殄厥凶德乃

歐乃夷懿其休風是喣是吹喣吁句切父子熙熙

相寧以嬉賦徹而藏孟子周人百畝而徹徹謂什一之賦厚我

糗粻禮記五十異粻粻糗去久切又丘救切粻音張一本作粮刑輕以清

我肌靡傷貽我子孫百代是康十聖嗣于治

仁后之子子思孝父易患于已于一作丁拱之戴

之神具爾宜載揚于雅承天之嘏嘏福也天之

誠神宜鑒于仁神之曷依宜仁之歸晏本仁作人字

濮淞于北晏本淞作鈆字祝栗于南前漢禮樂志房中歌曰四極爰

轃師古曰四極四方極遠之處也爾雅曰東

至于泰遠西至于邠國南至於濮淞北至于

祝栗謂之四極幅員西東商頌幅隕既長註云隕當作圓圓周也祗一

乃心祀唐之紀後天罔墜祝皇之壽與地咸

久曷徒祝之心誠篤之神協人同舊本作尸協今以唐史爲據作神協道以告之告姑沃切俾彌億萬年不震不

危我代之延永永毗之仁增以崇曷不爾思

有號于天號音豪僉曰嗚呼咨爾皇靈無替厥

符古人之治以德爲本而符瑞爲報應後世之治不本於德而符瑞爲虛文正符之作有見於後世之虛文遂欲一舉而盡廢之豈古人所謂惟德動天作善降祥之意乎

賑民詩此詩專以美房元齡杜如晦意有倣於大雅崧高烝民等

詩

帝䀏民情〔帝上帝〕匪幽匪明慘或在腹巳如色
聲亦無動威亦無止力弗動弗止惟民之極
帝懷民䀏乃降明德〔明德謂明德之上〕乃生明翼〔書庶
明勵翼〕明翼者何廼房廼杜惟房與杜實爲民
路廼定天子廼開萬國萬國既分廼釋蠹民
廼學與仕廼廼播與食〔播謂播種書汝后稷播持百穀也〕廼器
與用廼廼貨與通廼有作有遷無遷無作士實蕩
蕩農實董董工實蒙蒙賈實融融左右惟一

肆合作肄

出入惟同攝儀以引以遵以肆音蛓其風既流品物載休品物載休惟天子守乃二公之久惟天子明乃二公之成惟百辟正乃二公之令惟百辟穀穀善也書凡厥正人既富方穀乃二公之祿二公行矣弗敢憂縱是獲憂共二公居矣弗敢泰止是獲泰巳既柔一德四夷是則四夷是則永懷不忒忒差忒也詩其儀不忒

河東先生集卷第一

東吳郭雲鵬校壽梓

河東先生集卷第二

古賦

佩韋賦

并序西門豹性急故佩韋以自緩董安于性緩故佩弦以自急韋皮繩喻緩也絃弓弦喻急也事見韓非子補註黃曰佩服之設非以爲觀美法象以成已也玉佩取其德玦佩取其斷觿佩取其解紛象環佩取其立義已所不足時觀其近思之亦可以長善而救失故曰佩衷之旗令子厚所行者枉道而自訟其許直之名所禀者柔從而取象於軟熟之韋不亦以水濟水乎嗚呼果有意於比物醜類則宜易以董安于之弦據集有與

呂溫書云自吾得友君子而後知中庸之門戶堦室此貞元末事也時公願學中庸見於文字者甚多賦亦當作於貞元二十年後歟○韋音兩非切

柳子讀古書覩直道守節者即壯之即一作則蓋有激也恒懼過而失中庸之義慕西門氏佩韋以戒並見題注故作是賦其辭曰

邈予生此下都兮塊天質之慤醇上苦角切下音淳

日月迭而化升兮寖遁初而枉神寖子鴆切枉一作柱

雖大素而生華兮華猶薄也生一作成汩末流以喪真

汩古忽切睎徃躅而周章兮睎慕也周章不決貌懵倚伏其
無垠懵迷惑不明也老子禍兮福所倚福兮禍所伏垠垠堮也○懵年孔切又母亘
切世既奪予之大和兮眷授予以經常循聖
人之通途兮鬱縱吏而不揚縱吏猶勉強也註見貞符縱子
勇切吏音勇猶悉力而究陳兮獲貞則于典章嫉
時以奮節兮憫已以抑志登嵩丘而垂目兮
嵩中岳也音息中切瞰中區之疆理瞰下視也苦濫切音闞橫萬
里而極海兮頹風浩其四起恂驚怛而躑躅
兮恂憂恐也躑躅行不進貌恂許卭切音凶躑直炙切躅除玉切惡浮詐之

相詭思貢忠于明后兮振教導乎遐軌紛吾守此狂狷兮懼執競而不柔競强也詩執競武王探先哲之奥謨兮奥於到切攀往列之洪休曰沈潛而剛克兮書洪範曰沈潛剛克固讜人之嘉猷讜直言也音黨嗟行行而蹪踣兮行行剛强貌論語子路行行如也蹪踣也行行並下浪切蹪字音致踣蒲墨切信往古之所仇彼穹壤之廓殊兮寒與暑而交修執中而俟命兮固仁聖之善謀吾祖士師之直道兮亦愀然於伐國論語柳下惠爲士師三黜人曰子未可以去乎曰直道而事人焉往而不三黜董仲舒傳魯君問柳

下惠吾欲伐齊何如下惠曰不可歸而有憂
色曰吾聞伐國不問仁人此言何爲至於我
哉
尼父戮齊而誅夘兮本柔仁以作極穀梁傳定
十年公會齊侯于頰谷孔子相馬齊人使優
施舞於魯君之幕下孔子曰笑君者罪當死
使司馬行法焉首足異門而出家語孔子爲
魯司寇七日而誅亂政大夫少正夘戮之于
兩觀之下
藺竦頽以詘秦兮入降廉猶臣僕秦趙會于
河外澠池秦王請趙王鼓瑟趙王鼓之藺相
如復請秦王鼓缶秦王不肯相如曰五步之
內臣得以頸血濺大王矣左右欲刃相如相
如張目叱之皆靡秦王爲一擊缶趙王歸國
以爲上卿廉頗曰相如以口舌位居吾上必
辱之相如聞之曰顧吾念之强秦不敢加兵
於趙者徒以吾二人在也今兩虎共鬬其勢
不俱生吾所以爲此者先國家之急而後私

讐也降謂下也吉優繇而布和兮殘雈蒲以屛匿吉鄭子太叔游吉也左傳昭公二十年子太叔為政不忍猛而寬鄭國多盜取人於雈符之澤太叔悔興徒兵以攻之雈符之盜少止雈音九符即音蒲劌拔刃于霸侯兮退躹躹而畏服劌曹沫也左傳穀梁作曹劌齊桓公與魯會于柯而盟劌即匕首刼齊桓公左右莫敢動劌曰大國侵魯亦已甚矣今魯城壞即壓齊境君其圖之桓公乃許盡歸魯之侵地劌投其匕首下壇就其羣臣之位顏色不變辭令加故躹躹謹也傅雅云謹敬之貌○劌居衛切躹丘六切又丘弓二切又弓穹二音寬與猛其相濟兮孰不須茲之盛德克明哲而保躬兮愜大雅之所勗詩大雅云既明且哲以保其身勗勉也○勗子

玉切陽宅身以執剛兮卒易師而蒙辜左傳文五年陽處父聘于衛過甯甯嬴曰沈潛剛克高明柔克夫子一之其不沒乎六年晉蒐于夷使狐夜姑將中軍趙盾佐之陽處父至自溫改蒐于董易中軍狐夜姑怨陽子之易其班也九月使續鞫居殺處父羽愎心以鷙志兮首身離而不懲羽既敗垓下乃自刎而死王翳取其頭餘騎相蹂踐爭項王相殺者數十人最其後郎中騎楊喜等五人各得其一躰愎狠也鷙戾也○愎蒲逼切鷙音戾雲岳岳而專強兮果黜志而乖圖前漢朱雲傳五鹿岳岳朱雲折其角師古曰岳岳長角貌成帝時雲嘗言於朝願賜尚方斬馬劍斷佞臣張禹上怒曰小臣居下訕上廷辱師傅罪死不赦御史將雲下雲攀殿上檻折呼曰臣得從龍逢比干遊于地下足

矣未知朝廷何如爾有將軍辛慶忌以死爭之上意始解自是遂不復仕咸觸屏以拒訓兮肆殞越而就陵前漢陳咸其父萬年嘗病召咸教戒于床下語至夜半咸睡頭觸屏風萬年怒咸謝曰具曉所言大教要咸諂也萬年遂不復言萬年死元帝擢爲御史中丞後以言石顯事髡爲城旦治訐諫于昏朝兮名崩弛而陷誅左傳宣公九年陳靈公與孔寧儀行父通于夏姬皆衷其衵服以戲于朝洩冶諫曰公卿宣淫民無效焉且聞不令君其納之公曰吾能改矣公告二子二子請殺之公弗禁遂殺洩冶許告也○許居列切苟縱直而不羈兮乃變罹而禍仍罹鄰知切仍一作俱歷九折而直奔兮固摧輈而失途漢王陽爲益州刺史行部至邛崍九折坂嘆曰

吾奉先人遺體柰何數乘此險曰九折者言其險也邅大路而曲轍兮

又求達而不能廣守柔以允塞兮抵暴梁而

壞節梁冀鴆殺質帝李固胡廣趙戒杜喬皆以清河王蒜宜立立爲嗣先是蠡吾侯志娶冀妹冀欲立之衆論既異明日冀會公卿意氣凶凶言辭激切胡廣趙戒皆畏憚曰惟大將軍令而固與喬堅守本議冀激怒竟立蠡吾侯是爲桓帝遂遇害李固杜喬固臨命與胡廣趙戒書曰梁氏迷謬公等曲從受主厚祿顛而不扶傾覆大事後之良史豈有所私廣戒得書悲慙皆長歎流涕廣即謂胡廣也家撟謙而溫美兮脅

子公而褒掊左傳宣四年公子與子家謀弒鄭靈公子家曰畜老猶憚殺之況君乎反譖子家子家懼而從之夏弒靈公撟與揮同義師仁而惡狠

兮遂潰騰而葳裂義宋義翟義也爲東郡太守王莽居攝義心惡之乃立東平王子信爲天子自號大司馬舉兵討之莽遣將攻之義不勝與劉信弃軍庸亡捕得尸磔東都市夷滅三族斯委懦以從邪兮悼上蔡其何補李斯相秦爲趙高所譖將腰斬咸陽市出獄謂其中子曰吾欲與若復牽黃犬出上蔡東門逐狡兎豈可得乎徐偃柔以屛義兮倸邦離而身虜張華博物志徐偃王治其國仁義著聞諸侯服從周王使楚伐之偃王仁不忍鬭其民爲楚所敗走彭城武原東山下桑弘和而却武兮漁宗覆而國舉桑弘和一作乘柔知名字不同事不可得而考設任柔而自處兮蒙大戮而不悟史記吳公子光伏甲士於窟室中而具酒請王

僚酒酣公子光佯爲足疾入窟室使專設諸
置七首魚炙之腹中以進既至王前專設諸
擘魚因以七首刺王僚王僚立死左右亦殺
專設諸公子光遂出其伏甲以攻王僚之徒
而自立爲王任柔一本作仁柔故曰純柔純弱兮必削必薄
純剛純強兮必喪必亡韜義于中韜音服叨和
于躬和以義宣剛以柔通守而不遷兮變而
無窮交得其宜兮乃獲其終姑佩茲韋兮考
古齊同亂曰亂理也所以重理一賦之意韋之申申佩于
躬兮本正生和探厥中兮掊人交修樂有終
兮廣寡其過追古風兮追一作進

叀音上絹反懸也瓽井以甎爲甃者也

揚雄酒箴 鼂太史云雄以諷成帝其文爲酒客難法度士

子猶瓶矣觀瓶之居居井之眉處高臨深動常近危酒醪不入口藏水滿懷不得左右牽於纆徽一旦叀礙爲瓽所轠身提黄泉骨肉爲泥自用如此不如鴟夷鴟夷滑稽腹大如壺盡日盛酒人復借酤常爲國器託於屬車出入兩宮經營公家繇是言之酒何過乎

瓶賦 東坡云揚子雲酒箴有問無荅子厚瓶賦蓋補亡耳子厚以瓶

爲智幾於信道知命者晁太史無咎取公此賦于變騷而系之以詞曰昔揚雄作酒箴謂鴟夷盛酒而𦈢藏水酒甘以喻小人水淡以比君子故鴟夷以親近託車而𦈢以踈遠居井而羸此雄欲同塵於皆醉者之詞也故宗元復正論以反之以謂寧爲𦈢之絜以病巳無爲鴟夷之旨以愚人蓋更相明亦猶雄爲反騷非反也合也今附酒箴于此篇首

昔有智人善學鴟夷 鴟夷字見史記齊世家范蠡自號鴟夷子皮註云蓋以吳王殺子胥而盛以鴟夷今蠡以有罪故爲號也韋昭曰鴟夷革囊也又蠡本傳註則云若盛酒之鴟夷用之則多所容納則可卷而懷不忤於物

鴟夷蒙鴻

罍罃相追（罍樽也罃缶也罍音雷罃音鶯罃字本當作罌一本作甇甇亦樽名音假）謟誘吉士喜悅依隨開喙倒腹（喙口也吁穢切）斟酌更持味不苦口昬至莫知頽然縱傲輿亂爲期視白成黑顛倒妍媸（上倪堅切下音嗤）已雖自售（音壽）人或以危敗衆亡國流連不歸誰主斯罪鴟夷之爲不如爲瓶居井之眉（前漢酒箴註云眉井邊也若人目上之有眉作湄字者非）鈎深挹潔（挹酌也）淡泊是師和齊五味（齊才詣切）寧除渴饑不甘不壞久而莫遺清白可鑒終不媚私利澤廣大孰能去之

綆絶身破說文云綆井索也音梗何足慭咨功成事遂

復于土泥歸根反初無慮無思何必巧曲徼

覬一時徼求也覬幸也徼古堯切覬音冀子無我愚我智如

斯

牛賦公之瓶賦牛賦其辭皆有所託當是謫永州後感憤而作東坡云嶺外俗皆恬殺牛海南爲甚乃書于厚牛賦遺瓊州僧道贇使曉諭之即書此賦也

若知牛乎牛之爲物魁形巨首垂耳抱角毛

革踈厚牟然而鳴說文牟牛鳴黃鍾滿脰月令中央土律

中黃鍾之宮黃鍾謂土也脰項也抵觸隆曦音羲日耕百畝往
來修直植乃禾黍自種自斂服箱以走詩睆彼牽
牛不以服箱箱車上之器可以盛者輸入官倉已不適口富窮
飽飢功用不有陷泥壓塊常在草野人不憖
愧利滿天下皮角見用肩尻莫保說文尻脽也尻苦刀
切或穿緘滕上苦咸切下徒登切或實俎豆由是觀之
物無踰者不如羸驢羸倫爲切服逐駑馬曲意隨
勢不擇處所不耕不駕藿菽自與藿豆葉菽豆也藿音
霍騰踏康莊康莊大道爾雅五達謂之康六達謂之莊出入輕舉

喜則齊鼻怒則奮躑當道長鳴聞者驚辟辟避也項羽叱楊喜人馬俱驚辟易數里辟頻亦切善識門戶終身不惕

牛雖有功於己何益命有好醜非若能力慎

勿怨尤以受多福

解祟賦并序祟禍神也音邃

柳子既謫公永貞元年爲禮部員外郎以附王叔文出爲邵州十一月再貶永州司馬猶懼不勝其口筮以玄遇干之八其贊

曰赤舌燒城吐水于瓶其測曰君子解祟也太玄干以隼易之升次八赤舌燒城吐水于瓶測曰赤舌吐水君子以解祟也註赤舌謂

九也兌爲口舌入爲木木生火火中之舌故赤也赤舌所敗若火燒城詩曰哲婦傾城口舌之由也金生水故吐水也水滅於火雖有傾城之言以水拒之災無由生矣喜而爲之賦

胡赫炎薰熇之烈火兮熇炎氣也虛驕呼酷黑各三切而生夫人之齒牙上殫飛而莫遁殫極也殫音單遁徒困切旁窮走而逾加九泉焦枯而四海滲涸兮滲漉也涸竭也上所禁切下音鶴又胡故切紛揮霍而要遮揚雄傳滛滛與與前後要遮要伊消切風雷唬唬以爲槖籥兮老子天地之間其猶槖籥乎註云槖籥中空虛故能有聲○唬呼交切又音號槖音託籥音藥回祿熵

怒而喊呀回祿火神煽爔也喊呵也呀張口皃煽音扇喊呼咸切又虎覽切呀虛牙切炖堪輿爲龐鏖兮堪輿天地也炖風而火盛貌龐萬屬熬燒囂也○炖他昆切龐語蹇切又平聲熬音傲爇雲漢而成霞爇焚也春秋傳爇僖負羈爇儒劣切鄧林大椿不足以充於燎兮列子夸父逐日道死其杖化爲鄧林鄧林廣數千里焉莊子上古有大椿者以八千歲爲春八千歲爲秋一本無於字倒扶桑落棠膠轕而相乂山海經大荒之中暘谷上有扶桑十日所浴九日居下一日居上枝皆戴烏淮南子日出於暘谷登於扶桑入于虞泉轇轕廣大貌亦雜亂貌靈光殿賦云轇轕無垠廣大貌也東京賦云鈒戟轇轕又楚辭云騎轇轕而雜亂兮雜亂貌也○轕音葛膏搖脣而增爔

兮焰掉舌而彌葩（掉舌字見史記蘇秦掉三寸舌葩華也○葩披巴切）沃無瓶兮撲無篲（篲帚也旋芮切又徐醉切）金流玉鑠兮（說文鑠銷金也宋玉招魂十日代出流金鑠石○鑠式灼切音爍）曾不自比於塵沙獨凄巳而燠物愈騰沸而骹齣（骹腳腰也齣大齧也上苦交切下客牙切一本作骹齣）吾懼夫灼爛灰滅之爲禍徃搜乎太玄之奧（太玄經之秘奧也）訟衆正訴羣邪曰去爾中躁與外撓姑務清爲室而靜爲家苟能是則始也汝邇今也汝遐涼汝者進烈汝者賒譬之猶豁天淵而覆原燎（書若火之

燎于原不可嚮邇謼呼各切燎音了夫何長喙之紛拏長喙赤舌也拏女加切今汝不知清巳之慮而惡人之譁不知靜之爲勝而動焉是嘉徒遑遑乎狂奔而西傃感氣而長嗟傃向也傃一本作素不亦遼乎於是釋然自得以泠風濯熱莊子列子御風而行泠然善也詩誰能執熱逝不以濯以清源滌瑕履仁之實去盜之夸老子是謂盜之夸非道也哉冠太清之玄冕佩至道之瑤華以太清爲玄冕以至道爲瑤華也鋪冲虛以爲席駕恬泊以爲車瀏乎以遊於萬物者瀏水清深貌力周切始彼狙雎

倏施而以祟爲利者夫何爲耶

懲咎賦唐書本傳載此賦曰宗元不得召内憫悼悔念往咎作賦自儆蓋爲永州司馬時作也晁太史取此賦於續楚詞序曰宗元竄斥崎嶇蠻瘴間堙厄感鬱一寓於文爲離騷數十篇懲咎者悔志也其言曰苟餘齒之有懲兮蹈前列而不頓後之君子欲成人之美者讀而悲之

懲咎愆以本始兮孰非余心之所求處卑汚以閔世兮固前志之爲尤始余學而觀古兮怪今昔之異謀惟聰明爲可考兮追駿步而

遐遊絜誠之既信直兮仁友藹而萃之日施

陳以繫縻兮騷云曰康娛以自忘兮繫縻一本作擊摩邀堯舜與

之爲師上睢盱而混茫兮楊雄曰天地未分睢睢盱盱睢盱荒

忽不可考信也○睢火規切盱音吁下駁詭而懷私駁一作駮旁羅

列以交貫兮求大中之所宜曰道有象兮而

無其形推變乘時兮與志相迎不及則殆兮

過則失貞謹守而中兮與時偕行萬類芸芸

兮老子夫物芸芸各歸其根註芸芸華葉茂盛也率由以寧剛柔弛

張兮出入綸經登能抑枉兮登進也白黑濁清

蹈乎大方兮物莫能嬰奉訏謨以植內兮訏大
也謨謀也詩訏謨定命訏音吁欣余志之有獲再徵信乎策
書兮謂烱然而不惑烱一作耿愚者果於自用兮
惟懼夫誠之不一不顧慮以周圖兮專茲道
以為服讒妬構而不戒兮猶斷斷於所執哀
吾黨之不淑兮吾黨謂王伾叔文之属也遭任遇之卒迫
辛讀曰倅勢危疑而多詐兮逢天地之否隔天地否隔
謂順宗有疾憲宗監國之際欲圖退而保己兮悼乖期乎
曩昔欲操術以致忠兮衆呀然而互嚇嚇怒也又

（口距人也嚇音赫又呼駕切呀虛牙切互字一本作亍）進與退吾無歸兮卦脂潤乎鼎鑊（說文鑊鑴也音穫）幸皇鑒之明宥兮纍郡印而南適（漢書印何纍纍綬何若若耶永貞元年九月公初貶爲邵州刺史〇纍力追切）惟罪大而寵厚兮宜夫重仍乎禍謫（是年十一月公再貶爲永州司馬）既明懼乎天討兮又幽慄乎鬼責（莊子無人非無鬼責）惶惶乎夜寤而晝駭兮類麏麚之不息（麏麞也麚說文云牡鹿也以夏至解角〇麏俱倫切麚音加）凌洞庭之洋洋兮泝湘流之沄沄飄風擊以揚波兮舟摧抑而迴邅日霾曀以昧幽

兮爾雅云風而雨土爲霾釋名曰霾晦也詩終風註云陰而風曰曀霾音埋曀音翳黕雲涌而上屯黕青黑色屯聚也列子望之如雲屯黕於糾切黕字一本作玄暮屑窣以滛雨兮窣雨聲蘇骨切聽嗷嗷之哀猨衆鳥萃而啾號兮沸洲渚以連山漂遙逐其詎止兮逝莫屬余之形兔攢巒奔以紆委兮小山上鋭曰巒音鸞委于鬼切東洶湧之崩湍畔尺進而尋退兮盪洄汩乎淪漣水平伏曰淪漣水動際也汩音骨又越筆切窮冬而止居兮羈纍棼以縈纏棼扶分切哀吾生之孔艱兮循凱風之悲詩詩凱風美孝子也罪逼天

而降酷兮不亟死而生爲元和九年公之母盧氏卒於永州

逾再歲之寒暑兮猶貿貿而自持貿貿昏也音茂將

沉淵而隕命兮詎蔽罪以塞禍惟滅身而無

後兮顧前志猶未可進路呀以劃絕兮劃忽麥切

退伏匿又不果爲孤囚以終世兮長拘攣而

轗軻坎可二音曩余志之脩蹇兮楚詞汝何博謇而好修兮紛獨

有此姱節又云吾令謇修以爲理註好修謇謇奇異之節俗本作修謇誤今何爲

此戾也夫豈貪食而盜名兮不混同於世也

將顯身以直遂兮衆之所宜蔽也不擇言以

危肆兮固羣禍之際也御長轅之無橈兮行九折之峩峩却驚棹以横江兮泝凌天之騰波幸余死之已緩兮完形軀之既多苟餘齒之有懲兮蹈前烈而不頗楚詞修繩墨而不頗○頗音坡死蠻夷固吾所兮雖顯寵其焉加配大中以爲偶兮諒天命之謂何

閔生賦

賦云肆余目於湘流兮蓋在永州時作又云孟軻四十乃始持心兮云云顧余質愚而減齒兮云云當是四十以前也其諸元和五六年間作歟

閔吾生之險阨兮紛褒志以逢尤騷云紛逢尤以離謗
氣沉鬱以杳眇兮滭浪浪而常流騷云檻茹蕙以掩涕
切霑余襟之浪浪浪音郎膏液竭而枯居兮魄離散而遠
遊言不信而莫余白兮雖逴逴欲焉求合喙
而隱志兮幽默以待盡爲與世而斥謬兮固
離披以顛隕騏驥之棄辱兮騏驥音期冀鴑駘以
爲騁鴑駘音奴臺騁一作哂玄虬蹶泥兮虬龍無角者莊子曰蹶泥
則沒足滅跗蹶音厥蚪渠幽切畏避鼃黽鼃蝦蟇也黽亦鼃屬鼃與蛙同音烏
瓜切黽武幸切○一本黽作蜃行不容之崢嶸兮崢助耕切嶸音宏

質魁壘而無所隱（前漢鮑宣傳云朝廷亡有耆艾魁壘之士服虔曰魁壘壯貌也上口晦切下音磊）鱗介槁以横陸兮鷗嘯群而厲吻心沉抑以不舒兮形低摧而自愍肆余目於湘流兮望九疑之垠垠（湘水出零陵北入江零陵永州也九疑山名湘中記云九山相似行者疑惑故云○垠音銀又按文穎云九疑山半在蒼梧半在零陵相傳以爲舜所葬也其山九峯形勢相似故曰九疑）波淫溢以不返兮蒼梧鬱其蜚雲（蜚古飛字）重華幽而野死兮世莫得其僞真（史記舜南巡狩崩於蒼梧之野葬于江南九疑是爲零陵汲冢書禹逐舜終蒼梧之野）屈子之悄微兮抗危辭以

赴淵〔屈原仕楚爲上官大夫司馬子蘭所譖賦離騷九辯九章投汨羅而死○悁規緣切〕古固有此極憤兮矧吾生之藐艱〔藐音邈一作耿〕列徃則以考巳兮指斗極以自陳登高嵒而企踵兮〔嵒魚咸切〕瞻故邦之般轔〔上音隱下音隣〕山水浩以蔽虧兮路蓊勃以揚氣〔蓊烏孔切〕空廬頹而不理兮翳丘木之榛榛〔翳一計切〕塊窮老以淪放兮匪魑魅吾誰隣〔史記舜流四凶族于四裔以禦魑魅○魑丑知切魅音寐〕仲尼之不惑兮有垂訓之謩言〔語孔子曰吾四十而不惑〕孟軻四十乃始持心兮猶希勇乎黝賁〔孟子我四

十而不動心黜賁北宮黜孟賁也見公孫丑上○黜伊糾切賁音奔顧余質愚而齒減兮貞元七年公年始四十時猶未也宜觸禍以阽身阽危也楚詞阽余身而危死節兮覽余初其猶未悔阽音鹽知徒善而革非兮又何懼乎今之人噫禹績之勤備兮曾莫理夫茲川上文皆言湘中事茲川意謂湘江也湘水禹貢不經見此公所謂曾莫理夫茲川也耶殷周之廓大兮南不盡夫衡山衡山南岳也見周禮職方氏矣公謂殷周不盡未之詳也王制南不盡衡山北不盡恒山余因楚越之交極兮邈離絕乎中原壤汙潦以墳洳兮潦魯晧切到二切洳如倨切蒸沸熱而恓昏戲

鳧鸛乎中庭兮鸛音灌蒹葭生於堂筵雄虺蓄形於木杪兮短狐伺景於深淵楚詞雄虺九首註虺別名也毛詩爲鬼爲蜮陸機䟽蜮一名射影南人將入水先以厓石投水令濁然後入又博物志江南山有射工虫長一二寸口中有弩形射人影不治則殺人短狐伺景謂此虺也○虺許偉切狐字一作弧仰矜危而俯慄兮弭日夜之拳攣慮吾生之莫保兮忝代德之元醇孰眇軀之敢愛兮竊有繼乎古先明神之不欺余兮庡激烈而有聞兾後害之無辱兮匪徒葢乎曩愆

夢歸賦公在永州懷思鄉閭而作也

羅擯斥以窘束兮余惟夢之爲歸精氣注以凝沍兮沍水凝也河漢沍而不能寒○沍音互循舊鄉而顧懷夕余寐于荒陬兮心慊慊而莫違慊恨也音苦簟切質舒解以自恣兮息愔翳而愈微愔安和貌伊淫切歘騰踴而上浮兮歘暴起也説文云有所吹起諸韻檢尋無從三火者杜子美虎牙行秋風歘吸吹南國文選江淹詩歘吸鵾雞悲諸家多用從二火字莊子釋音第一卷朝菌註下云歘生芝也後漢張平子思玄賦歘神化而蟬蜕兮並作况物許勿二切云疾貌惟二字從三火令從上音俄滉瀁之無依滉瀁深廣貌上

力廣切下余掌切圓方混而不形兮顥醇白之霏霏顥白貌楚詞天白顥顥又云雲霏霏而承宇顥音昊上茫茫而無星辰兮下不見夫水陸水一作川若有鉥余以往路兮鉥導也鉥綦鍼也音述晏本作訹訹言也音恤馭儗儗以回復儗相疑也音擬浮雲縱以直度兮云濟余乎西北風纚纚以經耳兮纚纚風聲也纚音邐類行舟迅而不息洞然于以瀰漫兮瀰漫大水貌上音彌下謨官切以字一本重作于字虹蜺羅列而傾側橫衝飆以盪擊兮飆畀遥切盪音蕩又他浪切忽中斷而迷惑靈幽漠以瀄汨兮瀄汨水流貌上

音節下越筆切靈字一本作零雨二字進怊悵而不得怊敕喬切白日邈其中出兮陰霾披離以泮釋霾風雨土也音理施岳瀆以定位兮互參差之白黑忽崩騫上下兮晏本作崩騫翔以上下以佪徨兮聊按行而自抑行一作衍指故都以委墜兮瞰鄉閭之脩直瞰苦浪切原田蕪穢兮崢嶸榛棘喬木摧解兮垣廬不飾公與許孟容書云先墓在城南無異子弟爲主自譴逐來消息存亡不一至鄉閭又云城西有數頃田樹果百株多先人手自封殖今已荒穢恐便斬伐有哀情毀傷之意與此賦同山嵎嵎以巖立兮嵎山高貌音虞水汩汩以漂激汩音

骨又越筆切寃恍惘若有亡兮恍恍惚也音滉汪恍惘音罔

浪以隕軾浪音郎類曛黃之黯漠兮楚詞與纏黃以爲期

註纏黃蓋昬時黯果實黑壞貌音掩欲周流而無所極紛若喜

而佁儗兮馬融笛賦云佁儗寛容勑吏切下音毅韵音擬上心回互

以壅塞互音戶俗作牙本又作胑音支一鍾鼓喤以戒旦兮

喤音橫陶去幽而開寤罾罻蒙其復體兮罾罻魚網

也音曾蔚復字一本作後孰云桎梏之不固桎手械梏足械上音質下

姑沃切精神之不可再兮余無蹈夫歸路偉仲

尼之聖德兮謂九夷之可居論語子欲居九夷或曰陋子曰

君子居之何陋之有居協韵作去聲惟道大而無所入兮猶流

游乎曠野老聃遁而適戎兮指淳茫以縱步史記老聃見周衰遂去至關關令尹喜曰子將隱矣強爲我著書迺著書五千餘言而去又神仙傳老子將去周而出關以升崑崙關令尹喜掃門道見老子老子以長生之事教之

蒙莊之恢怪兮寓大鵬之遠去莊子蒙人逍遥遊篇云北溟有魚其名曰鵾化而爲鳥其名爲鵬是鳥也海運則徙於南溟一本作寓大筭而遠去

苟遠適之若茲兮胡爲故國之爲慕首丘之仁類兮斯君子之所譽禮記狐死正丘首仁也鳥獸之鳴號兮有動心而曲顧禮記鳥獸喪其羣匹越月踰時則必

迺尋過其故鄉翔鳴焉鳴號焉然後乃能去之膠余衷之莫能捨兮雖判析而不悟列茲夢以三復兮極明昏而告愬

囚山賦

永貞元年公謫居永州元和九年有此賦晁太史無咎序

公此賦於變騷曰語云仁者樂山自昔達人有以朝市爲樊籠者矣未聞以山林爲樊籠也宗元謫南海久厭山不可得而出懷朝市不可得而復丘壑草木之可愛者皆陷穽也故賦囚山淮南小山之辭亦言山中不可以久留以謂賢人遠伏非所宜爾何至以幽獨爲狴牢不可一日居哉然終其意近招隱故錄

之

楚越之郊環萬山兮勢騰踊夫波濤紛對迴合仰伏以離迾兮迾遮也音列又音例一本无對字若重墉之相襃爭生角逐上軼旁出兮軼字迭佚二音其下坼裂而爲壕壕塹也音豪欣下頽以就順兮曾不畝平而又高沓雲雨而漬厚土兮沓合也漬漚物也沓達合切漬疾智切蒸鬱勃其腥臊周禮辨腥臊羶香之不可食者○腥音星臊蘇曹切陽不舒以擁隔兮羣陰沍而爲曹沍涸寒也西京賦涸陰沍寒曹偶也○沍胡故切與沍同俗作沍側耕危穫苟

以食兮哀斯民之增勞斯民一作小人攢林麓以爲叢棘兮山足曰麓易寘于叢棘云叢棘謂囚執之處以棘叢而禁之也○麓音鹿虎豹咆㘚代狴牢之吠嗥咆㘚虎豹聲博物志云狴獄別名嘷亦豹也○咆音庖㘚虎檻切狴音陛嘷音豪胡井眢以管視兮眢目無明也又廢井也左傳宣十二年目於眢井而拯註視虛廢井而求拯巳東方朔傳以管窺天○眢音鴛一本胡字上有弓字眢又作殞窮坎險其焉逃顧幽昧之罪加兮雖聖猶病夫嗷嗷匪兕吾爲柙兮兕似牛一角論語虎兕出於柙註云柙檻也匪豕吾爲牢詩執豕于牢積十年莫吾省者兮公永貞元年乙酉貶永州司馬至元

和九年甲午爲十年矣明年始召至京師又出爲柳州刺史增蔽吾以蓬蒿聖日以理兮賢日以進誰使吾山之囚吾兮滔滔

愈膏肓疾賦

左傳成十年夏景公疾病求醫於秦秦伯使醫緩爲之未至公夢疾爲二豎子曰彼良醫也懼傷我焉其一曰居肓之上膏之下若我何醫至曰疾不可爲也肓鬲也心下爲膏公借此以論治國之理焉晏元獻嘗親書此賦云膚淺不類柳文宜去之或曰公少作也肓音荒

景公夢疾膏肓尚謂虛假命秦緩以候問遂

俯伏于堂下俯伏一作伏身公曰吾今形體不衰筋力未寡子言其有疾者何也秦緩乃窮神極思曰夫上醫療未萌之兆中醫攻有兆之者目定死生心存取捨亦猶卞和獻含璞之壁伯樂相有孕之馬然臣之遇疾如泥之處埏地有八埏又和土也○埏尸連切疾之遇臣如金之在冶鑪九竅未擁四支且安膚腠營胃膚腠音夫湊營字一作脘外強中乾左傳僖十五年張脉僨興外強中乾言外雖有強形而內實乾竭精氣內傷神沮脉殫以熱益熱以寒益寒針

象不達誠死之端巫新麥以爲讖讖驗也楚禁切果不得其所餐左傳成十年晉侯夢大厲公覺召桑田巫巫言如夢公曰何如日不食新矣六月晉侯欲麥使甸人獻麥召桑田巫示而殺之將食張如廁陷而卒○餐七安切公曰固知天賦性命如彼暄寒短不足悲脩不足歡哂彼醫兮徒精厥術如何爲之可觀醫乃勃然變色攘袂而起予無讓我我謂於子我之技也如石投水如弦激矢視生則生視死則死膏肓之疾不救衰亡之國不理巨川將潰非捧土之能塞捧激勇切大厦將崩

非一木之能止斯言足以諭大子今察乎孰是爰有忠臣閽之憤怨忘廢寢食擗摽感歎詩寤辟有摽註辟傷心也摽附心貌上音闢下娉小匹妙二切生死浩浩天地漫漫莫半切綏之則壽撓之則散善養命者鮐背鶴髮成童兒鮐魚名也鮐背謂背有鮐文鮐音台舍輔粥者殷辛夏桀爲周漢非藥曷以愈疾非兵胡以定亂喪亡之國在賢哲之所扶臣而忠義之心豈膏肓之所羈絆羈絆馬絡縶也上居宜切下音半余能理亡國之刓斃刓剸也齊也五官切愈膏肓之患難

君謂之何以醫曰夫八紘之外紘音宏六合之中始自生靈及乎昆蟲神安則存神喪則終亦猶道之紊也患出於邪佞身之憊也憊蒲拜切疾生於火風彼膏肓之與顛覆匪藥石而能攻者哉因此而言曰余今變禍爲福易曲成直寧關天命在我人力以忠孝爲干櫓櫓音魯以信義爲封殖拯厥兆庶綏乎社稷一言而熒惑退舍見上貞符序註一揮而羲和匪昃淮南子魯陽子與韓戰酣日暮援戈而揮之日爲之反三舍羲和日御也桑穀生庭而自滅

野雉雊鼎而自息桑穀雉雊二事並見上貞符註雊古候切誠天地之無親鬲膏肓之能極醫者遂口噤心醉噤巨禁切跼歛茫然跼音局投弃針石匍匐而前匍扶蒲二音匐音伏又蒲墨切吾謂治國在天子謂治國在賢治字一本作活吾謂命不可續子謂命將可延詎知國不足理疾不足瘥佐荒淫爲聖主保夭壽爲長年皆正直之是與庶將來之勉旃

河東先生集卷第二

東吳郭氏刻校習梓

論議辯

共二十

河東集三之四

◎

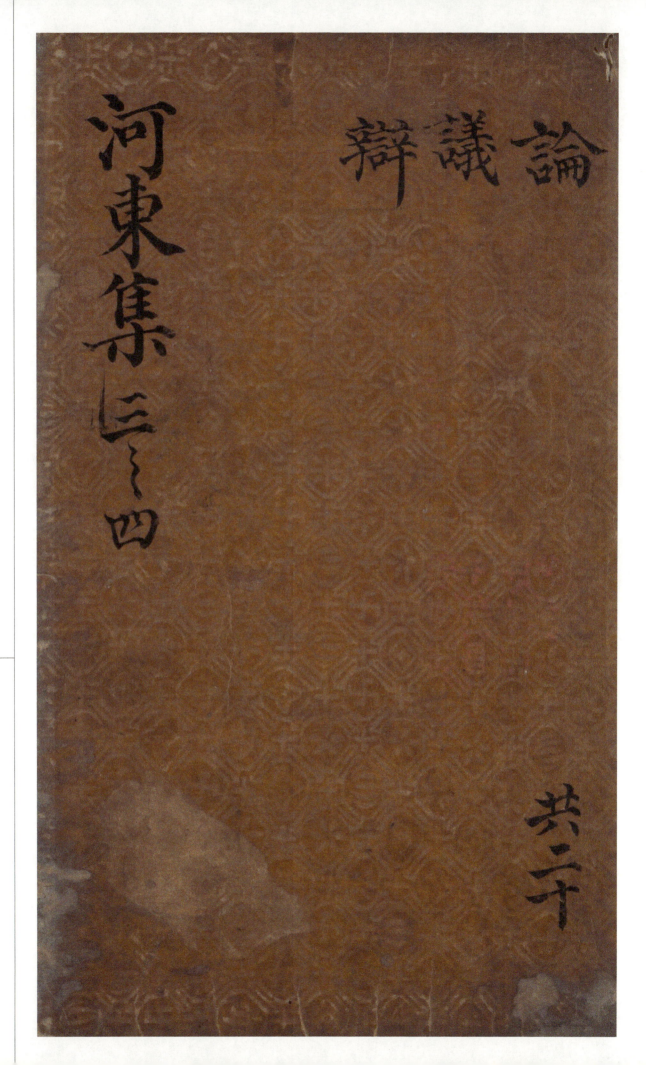

河東先生集卷第三

論

封建論

唐宗室傳贊曰唐興疏屬畢王至太宗時與名臣蕭瑀等喟然講封建事欲與三代比隆而魏徵李百藥皆謂不然顏師古獨議建諸侯當少其力與州縣雜治由是罷不復議至名儒劉秩目武氏之禍則謂郡縣不可以久安大抵與曹陸相上下而杜佑柳宗元深探其本據古驗今而反復焉蘇內翰志林曰昔之論封建者曹元首陸機劉頌及唐太宗時魏徵李伯藥顏師古其後劉秩杜佑柳宗元宗元之論出而諸子之論廢矣雖

聖人復起不能易也范太史唐鑑亦以公之論爲然以謂後世如有王者擇守令以治郡縣亦足以致太平何必封建哉又武威孔氏曰韓退之文章過子厚而議論不及子厚作封建論退之所無

天地果無初乎吾不得而知之也生人果有初乎吾不得而知之也然則孰爲近曰有初爲近孰明之由封建而明之也彼封建者更古聖王堯舜禹湯文武而莫能去之蓋非不欲去之也勢不可也勢之來一有則字其生人之

初乎不初無以有封建封建非聖人意也彼其初與萬物皆生草木榛榛說文榛叢也文選註聚貌○榛側侁切鹿豕狉狉鹿子曰狉狉狉衆貌豕獸屬○狉音丕人不能搏噬音博誓而且無毛羽莫克自奉自衛荀卿有言必將假物以爲用者也夫假物者必爭爭而不已必就其能斷曲直者而聽命焉其智而明者所伏必衆告之以直而不改必痛之而後畏由是君長刑政生焉故近者聚而爲羣羣之分其爭必大大而後有兵有德又

有大者衆羣之長又就而聽命焉以安其屬
於是有諸矦之列則其爭又有大者焉德又
大者一作德又有大者諸矦之列又就而聽命焉以
安其封於是有方伯連帥之類禮記曰十國以爲連連有
帥則其爭又有大者焉德又大者一本作德又有大者
方伯連帥之類又就而聽命焉以安其人然
後天下會於一是故有里胥而後有縣大夫
有縣大夫而後有諸矦有諸矦而後有方伯
連帥有方伯連帥而後有天子自天子至於

里胥其德在人者死必求其嗣而奉之故封建非聖人意也勢也夫堯舜禹湯之事遠矣及有周而甚詳周有天下裂土田而瓜分之謂之瓜分者言如剖瓜也瓜如字設五等邦羣后布履星羅履作濩四周于天下輪運而輻集輻音福合爲朝覲會同離爲守臣扞城詩兔罝公矦干城扞與干同音戶旦切守舒救切然而降于夷王害禮傷尊下堂而迎覲者禮記云覲禮天子不下堂而見諸侯下堂而見諸侯天子之失禮也由夷王以下歷于宣王挾中興復古之德雄南征北伐之

威卒不能定魯侯之嗣陵夷迄於幽厲王室東徙而自列爲諸侯矣國語魯武公以括與戲見王王立戲樊仲山父諫曰下事上少事長所以爲順也今立諸侯而建其少是教逆也王卒立之武公歸而卒及魯人殺懿公而立伯御宣王伐魯立孝公諸侯從是而不睦懿公即戲伯御即括也孝公名稱懿公之弟事亦見史記孝公二十五年諸侯畔周犬戎殺幽王秦始列爲諸侯厥後問鼎之輕重者有之左傳宣三年楚子觀兵于周疆定王使王孫滿勞楚子楚子問鼎之大小輕重焉射王中肩者有之左傳桓公五年王以諸侯伐鄭鄭伯禦之祝聃射王中肩○中音去聲伐凡伯誅萇弘者有之春秋隱公七年戎伐凡伯于楚丘以歸襄三年劉氏范氏

世爲昬姻萇弘事劉文公故周與范氏趙鞅以爲討周人殺萇弘○萇音長文天下乖盭音戾無君君之心余以爲周之喪久矣徒建空名於公侯之上耳得非諸侯之盛強末大不掉之咎歟說文掉搖也左氏尾大不掉掉徒弔切遂判爲十二合爲七國合一作否威分于陪臣之邦國殄於後封之秦則周之敗端其在乎此矣秦有天下裂都會而爲之郡邑廢侯衛而爲之守宰據天下之雄圖都六合之上游攝制四海運於掌握之內此其所以爲得也不數載而

◎

天下大壞其有由矣一無其字亟役萬人暴其威
刑竭其貨賄貿鋤挺讁戍之徒前漢賈誼過秦論曰陳涉率罷散之卒將數百之衆轉而攻秦山東豪俊遂並起而亡秦矣鉏櫌棘矜不敵於鉤戟長鎩讁戍之衆不亢於九國之師而成敗異變何也圜視而合從圜視而起亦見賈誼論圜視驚愕也○從子容切大呼而成羣時則有叛
人而無叛吏叛人者謂陳勝吳廣之屬也人怨於下而吏
畏於上天下相合殺守刼令而並起咎在人
慾非郡邑之制失也漢有天下矯秦之枉徇
周之制剖海內而立宗子封功臣數年之間

奔命扶傷之不暇困平城高祖七年擊韓王信困平城病流矢高祖十二年擊黥布為流矢所中陵遲不救者三代後乃謀臣獻畫而離削自守矣謂賈誼王父偃欲分王子弟也然而封建之始郡邑居半時則有叛國而無叛郡叛國謂吳楚七國反也秦制之得亦以明矣繼漢而帝者雖百代可知也唐興制州邑立守宰此其所以為宜也然猶桀猾時起虐害方域者失不在於州而在於兵時則有叛將而無叛州叛將謂藩鎮州擁重兵者州縣之設固不可革也或

者曰封建者必私其土子其人適其俗修其理施化易也守宰者苟其心思遷其秩而已何能理乎理一作治余又非之周之事跡斷可見矣列侯驕盈黷貨事戎事戎謂用兵大凢亂國多理國寡侯伯不得變其政天子不得變其君私土子人者百不有一失在於制不在於政周事然也秦之事跡亦斷可見矣有理人之制而不委郡邑是矣有理人之臣而不使守宰是矣郡邑不得正其制守宰不得行其理酷

刑苦役而萬人側目失在於政不在於制秦事然也漢興天子之政行於郡不行於國制其守宰不制其侯王雖亂不可變也國人雖病不可除也及夫大逆不道然後掩捕而遷之勸兵而夷之耳大逆未彰姦利浚財怙勢作威大刻于民者無如之何及夫郡邑可謂理且安矣何以言之且漢知孟舒於田叔漢書田叔傳文帝立召叔問曰公知天下長者乎叔曰故雲中守孟舒長者也時孟舒坐虜大入雲中免上曰先帝置舒雲中十餘年矣虜常一入不能堅守士卒戰死者數百人長者

固殺人乎叔曰孟舒知士卒罷弊不忍出言士爭臨城死敵以故死者數百人是乃孟舒所以爲長者上曰賢哉孟舒後召以爲雲中太守

得魏尚於馮唐 馮唐傳唐謂文帝曰魏尚爲雲中守坐上功首虜差六級陛下下之吏陛下雖得頗牧不能用也帝悅令唐持節赦尚復以爲雲中守

聞黃霸之明審 漢書黃霸傳爲潁川太守外寬內明得吏民心治爲天下第一徵守京兆尹秩二千石坐發民治馳道不先聞又發騎士詣北軍馬不適士劾乏軍興連貶秩有詔歸潁川太守官以八百石治如其前前後八年稱中愈治

觀汲黯之簡靖 汲黯傳黯學黃老言治官民好清靜不苛細爲淮陽太守卧閤不出歲餘東海大治上聞召爲主爵都尉

拜之可也復其位可也 即謂孟舒魏尚黃霸復守雲中潁川

卧而委之

以輯一方可也即謂汲黯昭治東海○輯音集藉入切有罪得以黜有能得以賞朝拜而不道夕斥之矣夕受而不法朝斥之矣設使漢室盡城邑而侯王之縱令其亂人戚之而已孟舒魏尚之術莫得而施黃霸汲黯之化莫得而行明譴而導之拜受而退已違矣一本違矣上有斯必二字下令而削之締交合從之謀締說文結不解也○締丁計切周秦同列則相顧裂眦說文眦目匡也○眦病智切勃然而起幸而不起則削其半削其半民猶瘁矣曷若舉

而移之以全其人乎漢事然也今國家盡制郡邑連置守宰其不可變也固矣着制兵謹擇守則理平矣或者又曰夏商周漢封建而延秦郡邑而促尤非所謂知理者也魏之承漢也封爵猶建晉之承魏也因循不革而二姓陵替不聞延祚今矯而變之垂二百祀大業彌固何繫於諸侯哉或者又以爲殷周聖王也而不革其制固不當復議也是大不然夫殷周之不革者是不得已也蓋以諸侯歸

殷者三千焉資以黜夏湯不得而廢歸周者八百焉資以勝殷武王不得而易狥之以爲安仍之以爲俗湯武之所不得已也夫不得已非公之大者也私其力於已也私其衛於子孫也秦之所以革之者其爲制公之大者也其情私也私其一已之威也私其盡臣畜於我也然而公天下之端自秦始夫天下之道理安斯得人者也使賢者居上不肖者居下而後可以理安今夫封建者繼世而理繼

世而理者上果賢乎下果不肖乎則生人之理亂未可知也將欲利其社稷以一其人之視聽則又有世大夫世食禄邑以盡其封略聖賢生于其時亦無以立於天下封建者爲之也豈聖人之制使至於是乎吾固曰非聖人之意也勢也程敦夫論曰封建古之良法錯出於傳記寧知非聖人意哉今日堯舜三代以勢不可而不欲去之審若是耶苟得其勢斯可去矣武庚管蔡之難固當刑之如異姓之韓彭同姓之吳楚也然方且命微子以繼商封同姓以五十何哉蓋成王不以先代之嗣爲可廢周公不以害已之親爲可絕聖人意以公天下也柳子何知

焉若曰湯武不得已者私其力耶苟不私其力則無庸封之矣勝夏去商雖不期而會然所賴者特在伊呂湯武待之固當如罷侯之秦錮親之魏矣彼獨不然三等之爵初不之變而千八百國益倍於前何哉湯武知天下不可以獨治故強枝葉而固本根聖人意以公天下也柳子弗察焉大抵子厚徒見魏晉之弊思欲有所懲艾且又太宗以來羣議蜂起彼其淺中狹慮期有以度越前人設爲誇言不自知覺殊不知公而不私者乃所以爲聖人意也黄唐曰以封建非聖人意歟則易於比言親諸侯於豫言利建侯於晉言錫馬康侯而繫辭言研諸侯之慮列爵分土見於書諸侯之地序於禮不能錫命諸侯刺於詩安得謂聖人之意不在是乎以郡縣不可革而行之理且安歟則二漢酷吏傳唐酷吏傳讀之令人怫膺安得謂不可革而治安實賴乎大抵有聖君有善治則諸侯得人守令亦

得人非聖君無害治則諸侯不爲用守令亦不爲用人無賢不肖顧所駕御者如何耳爲治者奚必執子厚之說泥一偏之見哉

四維論

管子牧民篇曰國有四維一維絕則傾二維絕則危三維絕則覆四維絕則滅何謂四維一曰禮二曰義三曰廉四曰耻禮不踰節義不自進廉不蔽惡耻不從枉公意謂廉耻自禮義中出未有有禮義而無廉耻有廉耻而無禮義故云吾見其二維而未見其所以爲四也

管子以禮義廉耻爲四維吾疑非管子之言也彼所謂廉者曰不蔽惡也一無也字世人之命

廉者[一無世字]曰不苟得也[一無也字]所謂耻者曰不從枉也[一無也字]世人之命耻者[一無世字]曰羞爲非也然則二者果義歟非歟吾見其有二維未見其所以爲四也夫不蔽惡者豈不以蔽惡爲不義而去之乎夫不苟得者豈不以苟得爲不義而不爲乎雖不從枉與羞爲非皆然然則廉與耻義之小節也不得與義抗而爲維聖人之所以立天下曰仁義仁主恩義主斷恩者親之斷者宜之而理道畢矣蹈之斯

爲道得之斯爲德履之斯爲禮誠之斯爲信皆由其所之而異名今管氏所以爲維者殆非聖人之所立乎又曰一維絕則傾二維絕則危三維絕則覆四維絕則滅（並見題註）若義之絕則廉與耻其果存乎廉與耻存則義果絕乎人既蔽惡矣苟得矣從枉矣（諸本作苟得而從枉矣）爲非而無羞矣則義果存乎使管子庸人也則爲此言管子而少知理道則四維者非管子之言也

天爵論

孟子有天爵者有人爵者仁義忠信樂善不倦此天爵也公卿大夫此人爵也古之人修其天爵而人爵從之今之人修其天爵以要人爵既得人爵而棄其天爵公以爲未盡也作此論然所謂宣無隱之明著不息之志與孟子修之說有以異乎要之孟子以仁義忠信謂之天爵使人知有仁義篤於自信又知夫天理之自然則能求諸內而不求諸外此其意也予厚從而易之曰天爵不在乎仁義忠信而在於明與志且謂仁義忠信非明不能鑒非志不能取故有是說殊不知仁義忠信繼之以樂善不倦雖不及明與志而二者固在其中矣樂善非明

以鑒之者然乎不倦非志以取之者然乎孟子之言簡而備學者可以意會猶以未盡而少之子厚亦費於詁哉

柳子曰仁義忠信先儒名以爲天爵註見題末之盡也夫天之貴斯人也則付剛健純粹於其躬易大哉乾元剛健中正純粹精也倬爲至靈倬音卓大者聖神其次賢能所謂貴也剛健之氣鍾於人也爲志得之者運行而可大悠久而不息拳拳於得善孜孜於嗜學則志者其一端耳純粹之氣注於人也爲明得之者爽達而先覺

鑒照而無隱眂眂於獨見說文眂目也音諄淵淵於默識則明者又其一端耳明離為天之用恒久為天之道舉斯二者人倫之要盡是焉故善言天爵者不必在道德忠信明與志而已矣道德之於人猶陰陽之於天也仁義忠信猶春秋冬夏也舉明離之用運恒久之道所以成四時而行陰陽也宣無隱之明著不息之志所以備四美而冨道德也故人有好學不倦而迷其道撓其志者撓釋文云擾也明○撓女巧切

之不至耳有照物無遺而蕩其性脫其守者志之不至耳明以鑒之志以取之役用其道德之本舒布其五常之質充之而彌六合播之而奮百代聖賢之事也然則聖賢之異愚也職此而已使仲尼之志之明可得而奪則庸夫矣授之於庸夫則仲尼矣若乃明之遠邇志之恒久庸非天爵之有級哉故聖人曰敏以求之論語子曰我非生而知之者好古敏而求之者明之謂也爲之不猒論語又曰抑爲之不厭誨人不倦則可謂云爾已矣志之謂

一无斯字

也道德與五常存乎人者也克明而有恒受於天者也嗚呼後之學者盡力於斯所及焉或曰予所謂天付之者若開府庫焉量而與之耶曰否其各合乎氣者也莊周言天曰自然吾取之

守道論左傳昭公十九年齊侯田于沛招虞人以弓不進曰昔先君之田也旝以招大夫弓以招士皮冠以招虞人臣不見皮冠不敢進仲尼曰守道不如守官君子韙之然孟子又曰昔齊景公田招虞人以旌不至將殺之志士不忘在溝壑勇士不忘喪

其元孔子奚取焉哉取非招不往也守道不如守官信孔子之言矣公乃曰傳者之誤其果然哉嘗味其言至有曰失其道而守官者古人不與也意當時必有竊聖人之言違道而居官者公故爲此論云

或問曰守道不如守官何如對曰是非聖人之言傳之者誤也見題註官也者道之器也離之非也未有守官而失道守道而失官之事者也一無也字是固非聖人之言乃傳之者誤也一無乃字夫皮冠者是虞人之物也物者道之準

也守其物由其準而後其道存焉苟舍之是失道也凡聖人之所以爲經紀爲名物無非道者命之曰官官是以行吾道云爾一本作命是以行吾道云爾是故立之君臣官府衣裳輿馬章綬之數會朝表著周旋行列之等左氏昭公十一年傳會朝之言必聞于表著之位杜預註云朝内列位常處謂之表著○行音戶剛切是道之所存也則又示之典命書制符璽奏復之文叅伍殳輔陪臺之役周禮設其參傳其伍陳其殳置其輔註參謂卿三人伍謂大夫五人殳衆士輔府史庶人在官者陪臺者亦謂臣也是道之

所由也則又勸之以爵祿慶賞之美懲之以黜遠鞭朴梏拲斬殺之慘朴小擊也梏拲者周禮上罪梏拲而桎梏手械拲兩手共械○梏居沃切拲居悚居玉二切是道之所行也故自天子至于庶人咸守其經分扶問切而無有失道者和之至也失其物去其準道從而喪矣易其小者而大者亦從而喪矣古者居其位思死其官可易而失之哉禮記曰道合則服從不可則去孟子曰有官守者不得其職則去然則失其道而居其官者古之人不

與也是故在上不爲抗在下不爲損矣人者不爲不仁凾人者不爲仁率其職司其局交相致以全其工也一本工字作公下有也字易位而處各安其分而道達於天下矣矣一作也且夫官所以行道也而曰守道不如守官蓋亦喪其本矣未有守官而失道守道而失官者也一本失官下有之事二字是非聖人之言傳之者誤也果矣

時令論上嘗觀孔頴達禮記疏案鄭目錄云名曰月令者以其記十二月政之所行也本呂氏春秋十二月紀之首章以禮家

好事抄合之後人因題之名曰
禮記言周公所作其中官名時
事多不合周法令申鄭旨釋之
案呂不韋集諸儒著爲十二月
紀名爲呂氏春秋篇首皆有月
令與此文同是一證也又周無
太尉唯秦官有太尉而此月令
云乃命太尉此是官名不同周
法二證也又秦以十二月建亥
爲歲首而月令云爲來歲受朔
日是九月爲歲終十月爲朔此
是時不合周法三證也又周有
六冕郊天迎氣則用太裘乘玉
輅建太常日月之章而月令服
飾車旗並依時色此是事不合
周法四證也故鄭云其中官名
時事多不合周法然案秦始皇
十二年呂不韋死二十六年并天下

然後以十月爲歲首歲首用十月時不韋已死十五年而不韋不得以十月爲正又云周書先有月令何得云不韋所造又秦并天下立郡何得云諸侯又秦以好兵殺害毒被天下何能布德行惠春不興兵既如此不同鄭必謂不韋作者以吕氏春秋十二月紀正與此同不過三五字别且不韋集諸儒所作爲一代大典亦採擇善言之事遵立舊章但秦自不能依行何怪不韋所作也然則月令之書先儒固已疑之公曰夏后周公之典逸矣信然

吕氏春秋十二紀漢儒論以爲月令措諸禮

以爲大法焉其言有十二月七十有二候（每月六候故十二月爲七十二候）迎日步氣（步謂推步）以追寒暑之序類其物宜而逆爲之備聖人之作也然而聖人之道不窮異以爲神不引天以爲高利於人備於事如斯而已矣觀月令之說苟以合五事配五行而施其政令離聖人之道不亦遠乎凡政令之作有候時而行之者有不候時而行之者是故孟春修封疆端徑術（徑古定切術音遂按禮記當作遂）相土宜無聚大衆季春利堤

防達溝瀆音讀止田獵備蠶器合牛馬百工無悖於時孟夏無起土功無發大衆勸農勉人仲夏班馬政聚百藥此一句在禮記乃孟夏非仲夏季夏行水殺草糞田疇美土疆土功兵事不作孟秋納材葦此一句季夏非孟秋仲秋勸人種麥季秋休百工人皆入室具衣裘舉五穀之要合秩芻養犧牲此二句季夏非是季秋趨人牧斂趨疾也趨音促務蓄菜此二句仲秋非作季秋伐薪爲炭孟冬築城郭穿竇窖說文竇空也窖地藏也上音豆下音教修囷倉此四句仲秋非孟冬說文囷廩

之圓者也○囷區倫切）謹蓋藏（才浪切又如字）勞農以休息之
（說文勞慰也郎到切）收水澤之賦仲冬伐木取竹箭季
冬講武習射御出五穀種計耦耕具田器合
諸侯制百縣輕重之法貢職之數（自合諸侯以下至此
季秋非季冬）斯固俟時而行之所謂敬授人時者
也其餘郊廟百祀亦古之遺典不可以廢誠
使古之爲政者非春無以布德和令行慶施
惠養幼少省囹圄（省察也審也囹圄獄也○省息井切囹音零圄音語）
賜貧窮禮賢者非夏無以贊傑俊遂賢良舉

長大行爵出禄斷薄刑決小罪節嗜慾靜百官非秋無以選士厲兵任有功誅暴慢明好惡修法制養衰老申嚴百刑斬殺必當丁浪切非冬無以賞死事恤孤寡舉阿黨易關市來商旅審門閭正貴戚近習罷官之無事者去器之無用者則其關政亦以繁矣斯固不俟時而行之者也變天之道絕地之理亂人之紀舍孟春則可以有事乎作淫巧以蕩上心舍季春則可以爲之者乎夫如是內不可以

納於君心外不可以施於人事勿書之可也又曰反時令則有飄風暴雨霜雪水潦大旱沉陰氛霧寒暖之氣大疫風欬鼽嚏瘧寒疥癘之疾鼽月令云人多鼽鼽說文云鼽病寒鼻塞也鼽音求嚏丁計切螟蝗五穀瓜瓠果實不成蓬蒿藜莠並興之異女災胎夭傷水火之訛寇戎來入相掠兵革並起道路不通邊境不寧土地分裂四鄙入堡說文堡堤也障也堡音保流亡遷徙之變若是者特瞽史之語非出聖人者也然則夏后周公之典逸

矣夏小正周時訓二書名夏后周公之典謂此也

時令論下

或者曰月令之作所以爲君人者法也蓋非爲聰明睿智者爲之將慮後代有昏昧傲誕而肆于人上忽先王之典舉而廢之近而取之若陳隋之季是也故取仁義禮智信之事附于時令俾時至而有以發之也不爲之時一無時字將因循放蕩而皆無其意焉爾於是又爲之言五行之反戾相盪相摩妖災之説以

震動于厥心古之所以防昬亂之術也今子
發而揚之使前人之奥秘布露顯明則後之
人而又何憚耶曰聖人之爲教立中道以示
于後曰仁曰義曰禮曰智曰信謂之五常言
可以常行者也行字下一有之字防昬亂之術爲之
勤勤然書於方册與亡治亂之致永守是而
不去也未聞其威之以怪而使之時而爲畬
所以滋其怠傲而忘理也語怪而威之所以
熾其昬邪淫惑而爲禱禳厭勝鬼怪之事以

大亂于人也且吾子以爲畏冊書之多孰與畏人之言使諤諤者言仁義利害焯乎列于其前而猶不悟〔焯說文曰明也音灼〕奚暇顧月令哉是故聖人爲大經以存其直道將以遺後世之君臣必言其中正而去其奇衺〔奇衺不正也上居宜切不與邪字同二字出周禮〕其有嚚然而不顧者〔說文嚚語聲也左傳口不道忠信之言爲嚚○嚚魚巾切〕雖聖人復生無如之何又何冊書之有若陳隋之季暴戾淫放則無不爲矣求之二史豈復有行月令之事者乎然

◎

而其臣有勁捍者爭而與之言先王之道猶十百而一遂焉然則月令之無益於陳隋亦固矣立大中去大惑捨是而曰聖人之道吾未信也用吾子之說罪我者雖窮萬世吾無憾焉爾

斷刑論上 文闕

斷刑論下 斷都玩切

余既爲斷刑論或者以釋刑復於余其辭云云余不得已而爲之一言焉夫聖人之爲賞

罰者非他所以懲勸者也賞務速而後有勸罰務速而後有懲必曰賞以春夏而刑以秋冬（二句左傳襄公二十六年蔡大夫聲子之言）而謂之至理者僞也使秋冬爲善者（一無冬字）必俟春夏而後賞則爲善者必怠春夏爲不善者（一無夏字）必俟秋冬而後罰則爲不善者必懈（說文懈怠也居隘切已下並同）爲善者怠爲不善者懈是敺天下之人而入於罪也（敺音區下同）敺天下之人入於罪又緩而慢之以滋其懈怠此刑之所以不措也必使爲

善者不越月踰時而得其賞則人勇而有勸焉爲不善者不越月踰時而得其罰則人懼而有懲焉爲善者日以有勸爲不善者日以有懲是毆天下之人而從善遠罪也毆天下之人而從善遠罪是刑之所以措而化之所以成也或者務言天而不言人是惑於道者也胡不謀之人心以熟吾道熟或作孰非是當取孟子仁亦在夫熟之而已之意吾道之盡而人化矣是知蒼蒼者焉能與吾事而暇知之哉果以爲天時之可

得順大和之可得致則全吾道而得之矣全吾道而不得者非所謂天也非所謂大和也是亦必無而已矣又何必枉吾之道曲順其時以諂是物哉吾固知順時之得天不如順人順道之得天也何也使犯死者自春而窮其辭欲死不可得貫三木（後漢范滂傳皆三木囊頭三木項手足皆有械司馬遷曰魏其大將也衣赭關三木）加連鎖而致之獄吏大暑者數月痒不得搔（蘇曹切）痺不得搖（說文痺足氣不至病痺必至切）○痛不得摩飢不得時而食渴不

得時而飲目不得瞋說文瞋目不明也○瞋莫定切支不得舒怨號之聲怨號並平聲聞於里人如是而大和之不傷天時之不逆是亦必無而已矣彼其所宜得者死而已也又若是焉何哉或者乃以爲雪霜者天之經也雷霆者天之權也非常之罪不時可以殺人之權也當刑者必順時而殺人之經也是又不然夫雷霆雪霜者特一氣耳非有心於物者也聖人有心於物者也春夏之有雷霆也或發而震破巨石裂

大木木石豈爲非常之罪也哉秋冬之有霜雪也舉草木而殘之草木豈有非常之罪也哉彼豈有懲於物也哉彼無所懲則效之者惑也果以爲仁必知經智必知權是又未盡於經權之道也何也經也者常也權也者達經者也皆仁智之事也離之滋惑矣經非權則泥（乃計切）權非經則悖是二者強名也曰當（丁浪切下同）斯盡之矣當也者大中之道也離而爲名者大中之器用也知經而不知權不知

經者也知權而不知經不知權者也偏知而謂之智不智者也偏守而謂之仁不仁者也知經者不以異物害吾道知權者不以常人佛吾慮合之於一而不疑者信于道而已者也且古之所以言天者蓋以愚蚩蚩者耳說文云蚩蚩敦厚貌非爲聰明睿智者設也或者之未達不思之甚也

辯侵伐論

德宗貞元十五年三月甲寅淮西節度使吳少誠反遣兵襲唐州掠百姓千餘人而去九月丙辰詔削奪少誠官爵

令諸道進兵討之時公爲集賢院正字作也公此論意謂淮右一方負固似不足以動天下之兵誠有此理然自少誠死元濟繼立十有八年而兵不解迄憲宗元和十二年始克平之則前日之所以聲其惡於天下者亦所不免哉

春秋之説曰凡師有鍾鼓曰伐無曰侵莊二十九年左氏之文周禮大司馬九伐之法曰賊賢害人則伐之負固不服則侵之負恃也固險固也然則所謂伐之者聲其惡於天下也聲其惡於天下必有以厭于天下之心夫然後得行焉古之

守臣有腠人之財腠縮也音宣腠字一作沒一作私一作傷危人之生而又害賢人者內必棄於其人外必棄於諸侯從而後加伐焉動必克矣然猶校德而後舉量力而後會備三有餘而以用其人一曰義有餘二曰人力有餘三曰貨食有餘是三者大備則又立其禮正其名修其辭其害物也小則誥誓徵令不過其隣雖大不出所暴非有逆天地橫四海者不以動天下之師故師不踰時而功成焉斯爲人之舉也故

公之公之而鍾鼓作焉夫所謂侵之者獨以其負固不服而壅王命也内以保其人外不犯於諸侯其過惡不足暴於天下致文告修文德而又不變然後以師問焉是爲制命之舉非爲人之舉也故私之私之故鼓鍾不作斯聖人之所志也周道既壞兵車之軌交於天下而罕知侵伐之端焉是故以無道而正無道者有之以無道而正有道者有之不增德而以遂威者又有之故世日亂一變而至

於戰國而生人耗矣是以有其力無其財君子不以動衆有其力有其財無其義君子不以師師合是三者而明其公私之説而後可焉嗚呼後之用師者有能觀乎侵伐之端則善矣

六逆論

左氏隱三年傳曰公子州吁嬖人之子也有寵而好兵公弗禁石碏諫曰愛子教以義方弗納於邪驕奢淫佚所自邪也且夫賤妨貴少陵長遠間親新間舊小加大淫破義所謂六逆也君義臣行父慈子孝兄愛弟敬所謂六順也去順効逆所以

速禍也弗聽公謂石碏之論有不可槩者故從而辯之

春秋左氏言衛州吁之事因載六逆之說曰賤妨貴少陵長遠間親新間舊小加大淫破義六者亂之本也余謂少陵長小加大淫破義是三者固誠爲亂矣然其所謂賤妨貴遠間親新間舊雖爲理之本可也何必曰亂夫所謂賤妨貴者蓋斥言擇嗣之道子以母貴者也若貴而愚賤而聖且賢以是而妨之其爲理本大矣而可捨之以從斯言乎此其不

可固也夫所謂遠間親新間舊者蓋言任用之道也使親而舊者愚遠而新者聖且賢以是而間之其爲理本亦大矣又可捨之以從斯言乎必從斯言而亂天下謂之師古訓可乎此又不可者也嗚呼是三者擇君置臣之道天下理亂之大本也爲書者執斯言著一定之論以遺後代上智之人固不惑于是矣一無矣字自中人而降守是爲大據而以致敗亂者敗一作賊固不乏焉晉厲死而悼公入乃理晉世

家厲公多外嬖欲盡去羣大夫而立諸姬兄弟欒書中行偃襲捕厲公因之迎公子周于周而立之是爲悼公悼公曰寡人自以疏遠毋幾爲君今大夫不忘文襄之意而惠立桓叔之後後使得奉晉祀敢不戰戰乎於宋襄嗣是遂不臣者七人修舊功施德惠

而子魚退乃亂宋世家湣公七年宋大水魯使臧文仲往吊公曰寡人不能事鬼神政不修故水臧文仲善此言此言乃公子子魚教湣公也及襄公立十三年伐鄭楚伐宋以救鄭襄公欲戰子魚諫公弗聽遂與楚戰敗傷於泓而卒

貴不足尚也秦用張祿而黜穰侯乃安張祿范雎也穰侯魏冉也秦昭王母宣太后后弟先是穰侯事秦攻取無虛日至周赧王四十九年秦拔魏范雎說秦王曰臣在山東時謂秦之有太后穰侯不聞有王王於是廢太后黜穰侯以范雎爲相封

應侯事見史魏相成璜而踈吳起乃危成魏成也文侯之弟璜翟璜也文侯二十五年以成爲相時吳起事魏有功至武侯立以田文爲相起不悅自是去魏之楚楚以爲相事見史璜胡光切親不足與也符氏進王猛而殺樊世乃興晋史符堅招王猛一見如舊堅繼立遂以猛爲中書侍郎日見親幸特進姑臧樊世與猛爭論於堅前世欲擊猛堅怒斬之於是羣臣見猛皆屏息堅日懾矣胡亥任趙高而族李斯乃滅胡亥秦二世也李斯自始皇時已用於秦然胡亥嘗有私於趙高高及即位高遂誣斯反狀要斬咸陽市夷三族二世乃以趙高爲相事見史舊不足恃也顧所信何如耳然則斯言殆可以廢矣噫古之言理者罕

能盡其說建一言立一辭則臲卼而不安臲卼危也上音孽下音兀謂之是可也謂之非亦可也混然而已敎於後世莫知其所以去就明者慨然將定其是非則拘儒瞽生相與羣而咻之咻說文云痛念聲孟子衆楚人咻之音休以爲狂爲怪而欲世之多有知者可乎夫人可以及化者天下爲不少矣然而罕有知聖人之道則固爲書者之罪也

河東先生集卷第三

東吳郭雲
鵬校壽梓

河東先生集卷第四

議辯

晉文公問守原議

唐自德宗懲艾朱
泚賊故此以左右
神策天威等軍委宦者主之置
護軍中尉中護軍分提禁兵威
柄下遷政在宦人其視晉文問
原守於寺人尤甚公此議雖曰
論晉文之失其意實憫當時宦
者之禍逮憲宗元和十五年而
陳弘志之亂作公
之先見至是驗矣

晉文公既受原於王難其守問寺人勃鞮以畀趙衰左傳僖二十五年晉侯朝王王與之
陽樊温原攢茅之田陽樊不服圍之

出其民冬晉侯圍原原又不降命去之退一舍而原降晉侯問原守於寺人教鞮對曰昔趙衰以壺飧從徑餒而弗食故使處原。教音孛鞮音低史記或作履鞮或作敦鞮註云敦鞮也衰初危切晉大夫余謂守原政之大者也所以承天子樹覇功致命諸侯不宜謀及媟近媟嬻也音薛以忝王命而晉君擇大任不公議於朝而私議於宮不博謀於卿相而獨謀於寺人雖或衰之賢足以守國之政不爲敗而賊賢失政之端由是滋矣况當其時不乏言議之臣乎狐偃爲謀臣先軫將中軍時楚圍宋宋如晉告急先軫狐偃爲晉謀若伐曹衛楚必救之則宋免矣於是晉作三軍狐偃將上軍先軫佐下軍爭見史晉君踈而不咨外而不求乃卒定於內竪（音樹）其可以爲法乎且晉君將襲齊桓之業襲（音習）以翼天子乃大志也然而齊桓任管仲以與進竪刁以敗（周莊王十一年齊桓公立鮑叔牙曰君欲伯王非管夷吾不可公從之自仲用而齊以大治及桓公四十一年管仲病桓公以竪刁易牙開方三子問誰可相仲歷數其不可公卒用三子而三子專權自是因內寵殺羣吏擅廢立無所不至矣）則獲原啓疆適其始政所以觀示諸侯也而乃背其所以興跡其所以敗然而能霸

諸侯者以土則大以力則強以義則天子之冊也誠畏之矣烏能得其心服哉其後景監得以相衛鞅按史景監秦孝公之寵臣也衛鞅公孫氏衛之諸庶孽公子始事魏相公座其後去魏之秦因景監以見孝公凡乙再以帝王為說孝公不納終獻強國之說孝公始善之謂景監曰汝若可與語矣鞅遂用於秦。鞅於亮切弘石得以殺望之按史弘恭石顯自宣帝時久典樞機元帝即位委以政事蕭望之等建白以為中書政本國家樞機用宦者非古制也宜罷中書宦官應古不近刑人之義由是恭顯遂譖望之令自殺誤之者晉文公也誤一作設嗚呼得賢臣以守大邑則問非失舉也蓋失問也一作問非

失問舉非失舉然猶羞當時陷後代若此况於問與

舉又兩失者其何以救之哉余故著晉君之

罪以附春秋許世子止趙盾之義左傳宣公二年傳云趙穿攻靈公於桃園宣子未出山而復太史書曰趙盾弒其君以示於朝昭公二十九年傳云許悼公疾五月飲太子止之藥而卒太子奔晉書曰弒其君盾宣子名也。盾徒本反

駮復讎議徐元慶復讎事見本篇唐史孝友傳載左拾遺陳子昂議誅元慶然後旌其閭墓時韙其言後禮部員外郎柳宗元駮云云韓文公亦有此議見于集駮音剥

臣伏見天后時有同州下邽人徐元慶者父

奕爲縣尉趙師韞所殺師韞時爲下邽尉韞音蘊卒能手刃父讎束身歸罪後師韞爲御史元慶變姓名於驛家傭力久之師韞以御史舍亭下元慶手刃之自囚詣官當時諫臣陳子昂建議誅之而旌其閭時議者以元慶孝烈欲捨其罪子昂建議以爲國法專殺者死元慶宜正國法然旌其閭墓以褒其孝義可也議者以子昂爲是且請編之於令永爲國典臣竊獨過之臣聞禮之大本以防亂也若曰無爲賊虐凡爲子者殺無赦刑之大本亦以防亂也若曰無爲賊虐凡爲理者殺無赦理一作治其本則合其用則異旌

慶

與誅莫得而並焉一本作不得並也誅其可旌茲謂
濫黷刑甚矣說文云黷握持垢也○黷音讀旌其可誅茲謂
僭左傳善爲國者賞不僭刑亦不濫壞禮甚矣果以是示于
天下傳于後代趨義者不知所以向違害者
不知所以立以是爲典可乎蓋聖人之制窮
理以定賞罰本情以正褒貶統於一而已矣
黷使刺讞其誠僞讞議罪也魚列魚戰語蹇三反考正其曲
直原始而求其端則刑禮之用判然離矣何
者若元之父不陷於公罪師韞之誅獨以其

私怨奮其吏氣虐于非辜州牧不知罪刑官不知問上下蒙冒籲號不聞籲呼也書無辜籲天號音豪下同而元慶能以戴天爲大耻枕戈爲得禮禮記父之讐不與共戴天又曰居父母之仇如之何夫子曰寢苫枕干不仕弗與共天下也處心積慮以衝讎人之胷讐是周反介然自克即死無憾是守禮而行義也執事者宜有慙色將謝之不暇而又何誅焉其或元慶之父不免於罪師韞之誅不愆於法是非死於吏也是死於法也法其可讎乎讎天子之法而戕

奉法之吏戕音牆是悖驁而凌上也悖音孛驁音傲執
而誅之所以正邦典而又何旌焉且其議曰
人必有子子必有親親親相讎其亂誰救是
惑於禮也甚矣禮之所謂讎者蓋其寃抑沉
痛而號無告也非謂抵罪觸法陷于大戮而
曰彼殺之我乃殺之不議曲直暴寡脅弱而
已其非經背聖不以甚哉一作不亦甚哉周禮調人
掌司萬人之讎凡殺人而義者令勿讎讎之
則死有反殺者邦國交讎之又安得親親相

讎也春秋公羊傳曰父不受誅子復讎可也父受誅子復讎此推刃之道復讎不除害（定四年公羊傳注云一往一來曰推刃不除害謂取讎身而已不得兼其子）今若取此以斷兩下相殺則合於禮矣且夫不忘讎孝也不愛死義也元慶能不越於禮服孝死義是必達理而聞道者也夫達理聞道之人豈其以王法爲敵讎者哉議者反以爲戮黷刑壞禮其不可以爲典明矣請下臣議附于令有斷斯獄者不宜以前議從事謹議

桐葉封弟辯

史記晉世家成王與叔虞戲削桐葉爲珪以與叔虞曰以此封若史佚因請擇日立之成王曰吾與之戲耳史佚曰天子無戲言於是遂封叔虞於唐此則桐葉封弟史佚成之明矣若曰周公入賀史不之見然其事又見劉向說苑或曰觀經而不盡信於經始可與言經觀史而不盡信於史始可與言史經史猶有不可信者阨於灰燼之餘汩於異端之學也謂伊尹以滋味干湯謂西伯以陰謀傾商政遷史毋毋如此豈特翦桐一事誣周公哉讀遷史者當知其爲實錄又當知史之失

自還

始

古之傳者有言成王以桐葉與小弱弟戲曰以封汝周公入賀世家作史佚見題註王曰戲也周公曰天子不可戲乃封小弱弟於唐謂唐叔虞吾意不然王之弟當封耶周公宜以時言於王不待其戲而賀以成之也不當封耶當並如字周公乃成其不中去聲之戲以地以人與小弱弟者爲之主其得爲聖乎且周公以王之言不可苟焉而已必從而成之耶設有不幸王以桐葉戲婦寺亦將舉而從之乎凡王者之德在

行之何若設未得其當雖十易之不爲病要於其當二當字丁浪切不可使易也而況以其戲乎若戲而必行之是周公教王遂過也吾意周公輔成王宜以道從容優樂要歸之大中而已必不逢其失而爲之辭逢謂逢迎也孟子曰逢君之惡其罪大又不當束縛之馳驟之使若牛馬然急則敗矣且家人父子尚不能以此自克況號爲君臣者耶是直小丈夫缺缺者之事老子其政察察而其民缺缺缺缺者小智貌與缺缺同缺傾雪切非周公所宜用故

不可信或曰封唐叔史佚成之史佚周武王時太史尹佚也佚音逸

辯列子

漢志列子八篇先於莊子莊子稱之公謂列子當在魯穆公時其曰鄭穆公時非是言實信然蓋嘗考之鄭穆公立於周襄王二十五年則其生當在周莊惠王之際其去孔子生於周靈王之二十年誠幾百年若列子當鄭穆公時則是先夫子而生已若干年今觀其書乃有仲尼篇且多所紀述夫子及諸門弟子事則列子當生魯穆公時而非鄭穆公時决矣一字之誤乃爾哉魯穆公之立在夫子既沒之後云或曰列子之書其言

皆出於列子之後文子之書或合孟子數家之旨亦可謂駁而不純矣而不甚斥於柳子者蓋君子論人愛憎有權陽虎竊寶玉大弓乃魯之賊而為富不仁之言孟子稱之於七篇憎而知其善者也子厚之於二書亦孟子取陽虎之意歟

劉向古稱博極羣書然其錄列子獨曰鄭穆公時人（鄭穆公名蘭）穆公在孔子前幾百歲列子書言鄭國皆云子產鄧析不知向何以言之如此史記鄭繻公二十四年（繻音須）楚悼王四年圍鄭鄭殺其相駟子陽子陽正與列子同

時是歲周安王三年秦惠王韓列侯趙武侯二年魏文侯二十七年燕釐公五年（釐虛其切古文僖字）齊康公七年宋悼公六年魯穆公十年（此皆據史記年表）不知向言魯穆公時遂誤爲鄭耶不然何乖錯至如是其後張湛（湛字處度東晉人註列子）徒知怪列子書言穆公後事亦不能推知其時然其書亦多增竄非其實要之莊周爲放依其辭（放方往切）其稱夏棘狙公紀渻子季咸等（渻音省）皆出列子不可盡紀雖不槩於孔子道然

其虛泊寥濶，居亂世，遠於利，禍不得逮乎身，而其心不窮，易之遁世無悶者，其近是歟。余故取焉。其文辭類莊子，而尤質厚少爲作，好文者可廢耶？其楊朱、力命，疑其楊子書。其言魏牟、孔穿，皆出列子後，不可信。然觀其辭，亦足通知古之多異術也。讀焉者愼取之而已矣。

辯文子

漢志文子九篇，與孔子同時，而稱周平王問，似依託者也。

按文子稱墨子，墨子稱吳起，皆周安王時人。史記范蠡傳文子姓辛名妍文子其字也葵丘濮上人號曰計然其書十一篇按唐藝文志有徐靈府注有李暹訓注其學蓋受於老子或者謂此書特文李錄老子遺言爲十二篇且劉向所錄止九卷今觀公之文與藝文志及徐李所註卷數皆合豈徐李有以析之歟

文子書十二篇其傳曰老子弟子其辭時有若可取其指意皆本老子然考其書蓋駁書也其渾而類者少竊取他書以合之者多凡孟管輩數家皆見剽竊嶢然而出其類嶢山高貌音堯字或從嶤其意緒文辭叉牙相抵而不合說文叉手

指相錯牙齒也象上下相錯之形乂初加切牙朱加切不知人之增益之歟或者衆爲聚斂以成其書歟然觀其徃徃有可立者又頗惜之憫其爲之也勞今刋去謬惡亂雜者取其似是者又頗爲發其意藏於家

論語辯二篇

上篇公疑論語非成於孔子諸弟子之手然聖門師弟子道統之傳咸出此書或曾子諸弟子成之其亦必有自來矣

或問曰儒者稱論語孔子弟子所記信乎曰

未然也孔子弟子曾參㝡少少孔子四十六歲夫子生於周靈王二十年曾子生於周敬王十五年孔子卒時七十二曾子年二十六曾子老而死是書記曾子之死則去孔子也遠矣曾子之死孔子弟子略無存者矣吾意曾子弟子之爲之也何哉且是書載弟子必以字獨曾子有子不然由是言之弟子之號之也然則有子何以稱子曰孔子之歿也諸弟子以有子爲似夫子立而師之其後不能對諸子之問乃叱避而退孔子既歿諸弟子思慕有若狀

似孔子弟子相與立爲師師之如夫子時也它日弟子有所問有若默然無以應弟子起曰有子避之此非子之坐也則固嘗有師之號矣今所記獨曾子最後死余是以知之蓋樂正子春子思之徒二人曾子弟子與爲之爾或曰孔子弟子嘗雜記其言然而卒成其書者曾氏之徒也

下篇此篇公論堯曰首章之言謂夫子素所諷道之辭誠得其旨矣蓋揖遜征伐之事皆萃此數語間非聖人諷道之餘其何以表見於後世者耶且按孔安國之疏謂堯曰之文爲明天道垂訓將來誠有得夫聖人之心柳子亦謂堯曰之言爲聖人之大志

其智足以知聖人亦不減於孔氏矣

堯曰咨爾舜天之曆數在爾躬四海困窮論語

困極窮盡言極盡四海皆服其化

天祿永終舜亦以命禹曰

余小子履履湯名

敢用玄牡夏尚黑時未改夏色故猶用黑牡

敢昭告于皇天后土有罪不敢赦萬方有罪

罪在朕躬朕躬有罪無以爾萬方或問之曰

論語書記問對之辭爾今卒篇之首章然有

是何也柳先生曰論語之大莫大乎是也是

乃孔子常常諷道之辭云爾諷誦也方鳳切彼孔子

者覆生人之器者也覆蓋也敷救切上之堯舜之不遺上之一作下言而禪不及已禪音擅下之無湯之勢下之一作下言而已不得爲天吏生人無以澤其德日視聞其勞死怨呼而已之德涸然無所依而施涸竭也音鶴故於常常諷道云爾而止也此聖人之大志也無容問對於其間弟子或知之或疑之不能明相與傳之故於其爲書也卒篇之首嚴而立之

辯鬼谷子史記蘇秦傳鬼谷子戰國時隱居潁川陽城之鬼谷

因以自號蘇秦張儀師之受縱橫之事其書三卷唐藝文志有樂臺註有尹知章註然其書叙謂此書即授秦儀者捭闔之術十三章本經持樞中經三卷又有梁陶弘景註今公又謂有元冀者爲之指要唐史遂以蘇秦爲鬼谷子誤矣

元冀好讀古書然甚賢鬼谷子爲其指要幾千言鬼谷子要爲無取一作能漢時劉向班固録書無鬼谷子後出而險盭峭薄說文盭戾也音戾恐其妄言亂世難信學者宜其不道而世之言縱橫者時葆其書葆寶也音保尤者晚乃益出

七術鬼谷子書下篇有陰符七術謂盛神法五龍養志決靈龜實意法騰虵分威法
伏熊散勢法鷙鳥轉圓法猛獸損兌法靈蓍七章是也怪謬異甚不可
考校其言益奇如字而道益陿陿隘也音洽使人狙
狂失守狙猿屬子余切而易於陷墜晁氏讀書志云公論鬼谷子書
如此而來鶻亦云鬼谷子皆教人詭紿激訐揣測檢滑之術悉備於章學之者唯儀秦而
已欲知是書者二子之言略盡之幸矣人之葆之者少今元
子又文之以指要嗚呼其爲好術也過矣治異
端者當塞其源去惡木者當拔其本儀秦縱橫孟子以妾婦處之荀卿以詐人待之衛瑄
以亂國政責之愚謂二子不足罪使無鬼谷之學則朝縱暮横孰從而師事之故欲閑先

聖之道距縱橫之術者不可使鬼谷之言一日得行於天下也元翼何人作爲指要妄以七術表而出之無意援溺而反推波助瀾元生區區自鄶無譏愚恐當塗之士嗜痔逐臭則誤天下必甚矣

辯晏子春秋

晏子齊晏嬰也其書十二篇唐藝文志皆載之公謂不當列之儒家中今觀其書信然

司馬遷讀晏子春秋高之而莫知其所以爲書或曰晏子爲之而人接焉或曰晏子之後爲之皆非也吾疑其墨子之徒有齊人者爲之墨好儉晏子以儉名於世故墨子之徒尊

著其事以增高爲巳術者且其旨多尙同兼愛墨子有尙同三篇又孟子曰墨子兼愛是無父也非樂節用非厚葬久喪者是皆出墨子又非孔子好言鬼事非儒明鬼又出墨子其言問棗及古冶子等晏子春秋曰公孫捷田開疆古冶子事景公勇而無禮晏子言於公餽之二桃曰三子計功而食之公孫捷曰吾持楯而再搏乳虎可以食桃田開疆曰吾杖兵而禦三軍者再可以食桃古冶子曰吾嘗從君以濟河有一黿銜右驂以入底柱之流冶潛行水底逆流百步順流九里得黿而殺之左牽馬尾右挈黿頭鶴躍而出可以食桃矣二子曰吾勇不若子功不逮子取桃不讓是貪也然而不死無勇也皆反其桃契領而死古冶子曰二子死

者

之吾獨生不仁亦契領而死尤怪誕又往往言墨子聞其道而稱之此甚顯白者自劉向歆班彪固父子皆録之儒家中甚矣數子之不詳也蓋非齊人不能具其事非墨子之徒則其言不若是後之録諸子書宜列之墨家非晏子爲墨也爲是書者墨之道也

辯亢倉子唐藝文志天寶元年詔號亢倉子爲洞靈真經求之不獲襄陽處士王士元謂莊子作庚桑子太史公列子作亢倉子其實一也取諸子文義類者補其亡今此書其士元補亡者

邪宜公有所不取也史記註亢音庚亢倉子王邵本作庚桑子司馬彪曰庚桑楚人姓名

太史公爲莊周列傳稱其爲書畏累亢桑子皆空言無事實史記莊子傳索隱曰按莊子畏累虛篇名也即老聃弟子畏累鄒氏畏累或作螺壘莊子音註螺壘山名或云在梁州○畏於鬼切又烏罪切累音壘又力罪切今世有亢桑子書其首篇出莊子而益以庸言蓋周所云者尚不能有事實又況取其語而益之者其爲空言尤也劉向班固錄書無亢倉子而今之爲術者乃始爲之傳

註以教於世不亦惑乎

辯鶡冠子西漢藝文志有鶡冠子一篇下注云楚人居深山不顯名氏以鶡羽爲冠因自號焉唐志亦有鶡冠子三卷今其爲書凡十九篇盒論三才變通古今治亂之道韓文公云其博選篇四稽五至之說當矣學問篇稱賤生於無所用中流失船一壺千金者三讀其詞而悲之即此書也惟世兵篇頗與鵩賦相亂餘十八篇則否公之辯似但見此一篇故云耳鶡似雉音曷

余讀賈誼鵩賦嘉其辭鵩音服而學者以爲盡出鶡冠子余往來京師求鶡冠子無所見至

長沙始得其書讀之盡鄙淺言也唯誼所引用爲美餘無可者吾意好事者僞爲其書反用鵩賦以文飾之非誼有所取之决也太史公伯夷列傳稱賈子曰貪夫殉財烈士殉名夸者死權（鶡冠子無此語）不稱鶡冠子遷號爲博極羣書假令當時有其書遷豈不見耶假令眞有鶡冠子書亦必不取鵩賦以充入之者何以知其然耶曰不類

河東先生集卷第四

東吳郭雲鵬校壽梓

碑
行狀

河東集 五之八

共二十

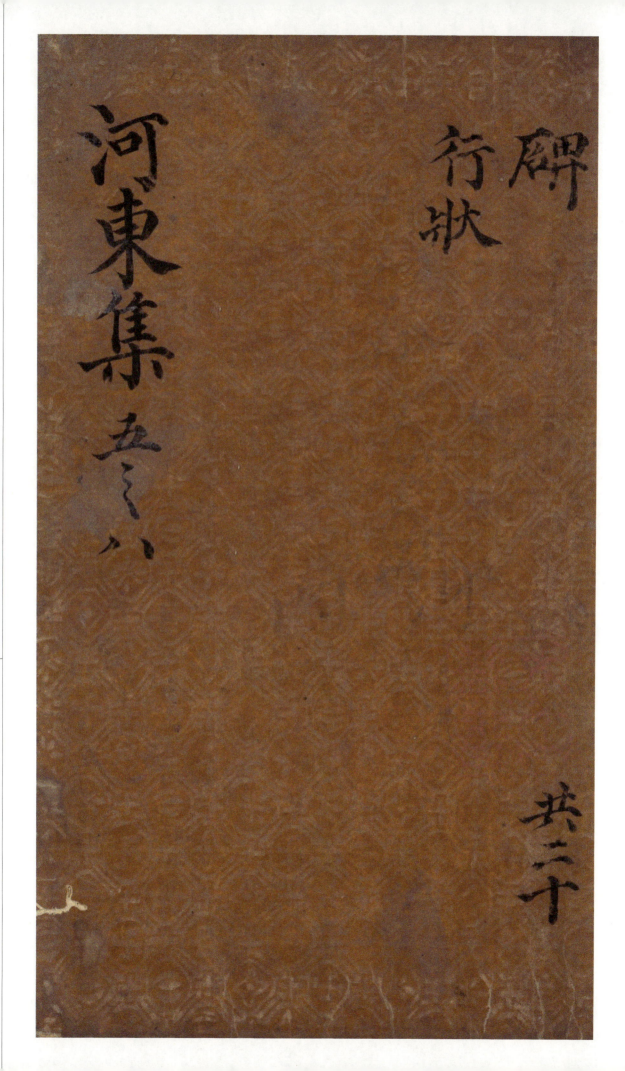

河東先生集卷第五

古聖賢碑

箕子碑（箕子名須臾，紂之諸父）

凡大人之道有三：一曰正蒙難（蒙，犯也。正蒙難者，以正犯難也。○難，乃旦切），二曰法授聖，三曰化及民。殷有仁人曰箕子（孔子曰：殷有三仁焉。微子去之，箕子爲之奴，比干諫而死），實具茲道以立于世，故孔子述六經之旨尤慇懃焉（謂下易、詩所載是也）。當紂之時，大道悖亂，天威之動不能戒（書：今天動威），聖人之言無所用，進死以併命誠仁矣謂比干無益吾祀故不爲委身以存祀誠仁矣謂微子與亡吾國故不忍與音預具是二道有行之者矣是用保其明哲詩旣明且哲以保其身與之俯仰晦是謩範謩與謨同辱於囚奴書囚奴正士正士即謂箕子也昏而無邪隤而不息故在易曰箕子明夷夷傷也日入地中明夷之義故卦曰明夷正蒙難也及天命旣改生人以正乃出大法大法洪範也用爲聖師周人得以序彝倫而立大典書天乃錫禹洪範九疇彝倫攸叙彝倫常道也故在書曰以箕子歸作洪範法授

聖也及封朝鮮書傳云武王釋箕子之囚箕子不忍周之釋走之朝鮮武王聞之因以朝鮮封之鮮音仙推道訓俗惟德無陋惟人無遠用廣殷祀俾夷爲華化及民也漢書地理志箕子去之朝鮮教其民以禮義田蠶織作樂浪朝鮮民犯禁八條相殺以當時償殺相傷以穀償相盜者男沒入爲其家奴女子爲婢欲自償者人五十萬雖免爲民俗猶羞之嫁取無所讎是以其民終不相盜無門戶之閉婦人貞信不淫辟其田民飲食以籩豆爲可貴此仁賢之化也率是大道蕤于厥躬蕤徂紅切正作叢俗作蕤天地變化我得其正其大人歟於虖當其周時未至殷祀未殄比干已死微子已去向使紂惡

者也然

未稔而自斃斃頓也音敝武庚念亂以圖存國無其人誰與與理是固人事之或然則先生隱忍而爲此其有志於斯乎唐某年作廟汲郡歲時致祀汲郡今衛州紂故都也嘉先生獨列於易象作是頌云

蒙難以正授聖以謩宗祀用繁自箕子後傳四十余世至朝鮮侯準自稱王繁字一作條夷民其蘇憲憲大人憲憲興盛貌見中庸注音顯顯晦不渝聖人之仁道合隆污明哲在躬不陋爲奴冲讓居禮不盈稱孤高而無

危卑不可踰非死非去有懷故都時詘而伸詘音屈卒爲世模易象是列文王爲徒易內文明而外柔順以蒙大難文王以之內難而能正其志箕子以之大明宣昭崇祀式孚謂唐始立廟祀之古闕頌辭繼枉後儒

道州文宣王廟碑唐書歸崇敬傳贊引此碑按論薛伯高評十哲之科妄出後世而開元之祀非夫子志是已失矣子厚祕碑反指爲確論宋子京贊唐史灼見其非追咎薛氏而子厚之失以俟來者愚請畢之夫顏淵以下十人皆孔門高第顯顯聞出者謂非盡其徒可乎取其所長序以四科萬世而後知

有聖言品題不敢擬議可謂後
世之妄乎李璀雖非名臣而請
祀十哲列爲坐像務尊師重道
是先王未之有可以義起何害
其爲夫子志乎嗟夫伯高妄論
之於前柳子盜美之於後微景
文之論則薛得爲
賢守柳得爲通儒

謹案某年月日按集有序鼻亭神記云元和九年河東薛公由刑部郎中刺道州此云某年即元和九年也儒師河東薛公伯高伯高名景晦由尚書刑部郎中爲道州明年二月丁亥即元和十年公用牲幣祭于先聖文宣王之廟夜漏未盡三刻公玄冕以入周禮司服卿大夫之服自玄冕而下

如孤之服又曰祭羣小祀則玄冕就位於庭惕焉深惟夫子之祀爰自京師太學徧于州邑遐闊僻陋咸用斯時致奠展誠宿燎設懸周禮烜氏凡邦之大事共濆燭庭燎注云樹於門外曰大燭於門內曰庭燎設懸謂懸筍簴之屬也○燎力照切音了鐏俎旂章禮記月令以爲旂章注云章幟鐏音尊叅穆布列周天之下嗚呼夫子之道閎肆尊顯二帝三王其無以侔大也然其堂庭庳陋庳短也音卑又音婢椽棟毀墜會不及浮圖外說外說鬼神之類也克壯厥居水潦仍至歲加蕩沃公燮然不寧若罔獲

承既祭而出登墉以望爰得美地豐衍端夷衍廣也水環以流有頖宮之制禮記王制天子辟廱諸侯頖宮皆學名也頖與泮同是日樹表列位樹立也由禮考宜然後節用以制貨財乘時以僦功役僦即就切逾年而克有成廟舍峻整階序廓大序廓也講肄之位肄習也師儒之室立廩以周食圃畦以毓蔬周禮園圃毓草木毓音育權其子母周語民患輕則爲之作重幣於是乎母權子而行若不堪重則多作輕於是乎有子權母而行注云重曰母輕曰子權稱也贏且不竭贏音盈由是邑里之秀民感道懷和更

來門下咸願服儒衣冠由公訓程程法也公攝衣登席親釋經旨丕諭本統父慶其子長勵其幼化用興行人無諍訟公又曰夫子稱門第子顏回爲庶幾禮曰顏氏之子其殆庶幾乎其後從於陳蔡亦各有號謂四科之目言出一時非盡其徒也于後失厥所謂妄異科第坐祀十人以爲哲開元八年敕改顏子等十哲爲坐像悉預配享豈夫子志哉余案月令則曰釋奠于先聖先師則曰一本作則由一本作曰則國之故也故典故也乃立夫子像配以顏氏籩豆

訔与辯同俗作訔又作䛒者非

既嘉笙鏞既成鏞大鐘名九年八月丁未當作十年八月蓋唐制釋奠春秋皆用上丁以長曆推之九年八月乙亥朔是月無丁未且新廟之作起於十年二月丁亥既祭之後云公祭于新廟退考疑義合以燕饗萬民翼翼觀禮識古於是春秋師晉陵蔣堅易師沙門凝䛒音辯俗作訔助教某學生某等來告願刻金石明夫子之道及公之勤惟夫子極于化初寘于道先羣儒咸稱六籍具存苟贊其道若譽天地之大褒日月之明非愚則惑不可犯也惟公探夫子之志考有國

其

之制光施彜典革正道本俾是荒服移爲闕里在周則魯侯申（申傳公名）能修頖宮詩有其歌在漢蜀守文翁能首儒學史有贊今公法古之大同于魯化人之艱侔于蜀盍銘茲德以告于史氏而刋之茲碑銘曰

荆楚之陽厥服惟荒民鮮由仁帝降其良（良謂良吏）振振薛公（振振仁厚也振音真）惟德之造赤旂金節來莅于道師儒咸會嘉有攸告吉日丁亥獻于頖宮庭燎伊煌（音皇）有煥其容公升于位心莫

不恭爰念聖祀徧于海邦服冕陳器州邑攸

同咸忻以欹（欹戯也音希）思報聖功卜遷于嘉惟

吉之逢昀昀其原（詩昀昀原隰曾孫田之昀懇田也均勻二音）旣

夷且大渙渙其流（詩溱與洧方渙渙兮渙渙水流貌）實環于

外作廟有嚴昭祀顯配潔茲器用觀禮斯會

布筵俠位作廩伊秩以豐其儀以壯其室新

宮旣成崇報孔明于古有經公粹厥誠邦民

之良弁服是纓公躬講論虔默以聽（平聲）公降

酬酢進退齊平柔肌洽體莫不充盈歸懽于

心父子弟兄欽惟聖王厥道無涯世有頌辭

益疚其多疚音究公斯考禮民感休嘉感一作咸從

于魯風祗以詠歌公錫于天眉壽來加詩天錫公純嘏眉壽保魯公賚于王賚賜予也休命是荷音何師于辟

雍大邦以和侑酳申申賈山傳養三老五更於太學執醬而餽執爵而酳酳者少少飲酒食已而蕩口也此言景晦將入爲天子三老養於太學亦魯頌祝僖公之意云○酳音胤

王道式訛諸儒作詩思繼頖水

丕揚厥聲以告太史

柳州文宣王新修廟碑

仲尼之道與王化遠邇惟柳州古爲南夷柳州
隸嶺南故云古爲南夷椎髻卉裳漢書李陵傳胡服椎髻結師古曰結續爲髻
一撮之髻其形如椎書島夷卉服卉草也絺葛之屬○椎音槌髻音計卉音毀攻劫
鬬暴雖唐虞之仁不能柔柔安也書曰柔遠能邇秦漢
之勇不能威至于有國謂唐有天下始循法度置
吏奉貢咸若采衛周禮職方氏辨九服之邦國謂侯甸男采衛蠻夷鎮
藩爲九冠帶憲令進用文事一作上學者道堯舜
孔子如取諸左右執經書引仁義旋辟唯諾
旋音璿辟音壁又音僻唯以水切中州之士時或病焉然後

虔告

知唐之德大以遐孔氏之道尊而明元和十年八月州之廟屋壞幾毀神位刺史柳宗元始至是歲七月公至柳州大懼不任以墜教基丁未奠薦法齋時事禮不克施乃合初亞終獻三官衣布語曰齋必有明衣布注云以布爲沐浴之衣洎于贏財取土木金石徵工僦功完舊益新十月乙丑王宮正室成乃安神棲乃正法庭祇會羣吏卜日之吉于王靈曰昔者夫子嘗欲居九夷其時門人猶有惑聖言今夫子代千有餘載其教

始行至于是邦人去其陋而本於儒孝父忠
君言及禮義又況巍然炳然臨而炙之乎後闕
惟夫子以神道設教易聖人以神道設教而天下服我今罔
敢知欽若兹教以寧其神追思告誨如在于
前苟神之在曷敢不虔居而無陋罔貳昔言
語曰子欲居九夷或曰陋如之何子曰君子居之何陋之有申陳嚴祀永
永是尊麗牲有碑禮祭義祭之日君牽牲既入廟門麗于碑注麗猶繫
也刻在廟門

終南山祠堂碑并序漢志扶風武功縣東有終南山潘岳

關中記云一名中南山言在天之中居都之南

貞元十二年夏洎秋不雨穡人焦勞嘉穀用

虞皇帝使中謁者漢表謁者掌賓贊受事灌嬰爲中謁者後常以閹人爲之諸官加中者多閹人也禱于終南山申命京兆尹韓

府君貞元十一年四月以兵部侍郎韓臯爲京兆尹臯傳云貞元十四年大旱民請蠲租賦臯奏不實遂貶撫州觀此則十二年旱可知矣祇飾祀事考視

祠制以爲棟宇不稱宜有加飾遂命盩厔令

裴均盩厔縣名裴均字君齊○盩音儔厔音窒虔承聖謩剏制祠

宇剏與創同乃徵土工木工石工備器執用來會

祠下斬板榦榦所以當牆兩邊障土者礱柱礎礱盧紅切礎音楚

陶瓴甓說文瓴甓似瓶者爾雅瓴甋謂之甓詩中堂有甓瓴音零甓蒲歷切築

垣墉恢度舊制恢枯回切度徒故切立三筵六尋既興

功玄雲觸石霈澤周被植物擢茂期于豐登

神道感而宣靈人心歡而致和嘉氣充溢抃

蹈布野於是邑令僚吏至于胥徒黃髮耆艾

野夫版尹書三亳版尹尹版之尹長版僉曰蓋聞名山之

列天下也其有能奠方域奠安也產財用興雲

雨考于祭法宜在祀典惟終南據天之中在

都之南西至于褒斜褒斜二谷名梁州記曰万石城泝漢上七里有褒谷南口曰褒北口曰斜長四百七十里又西至隴首隴首山名以臨于戎東至于商顏商顏商山之顏又東至于太華太華華山以距于關塞能作固以屏王室其物產之厚器用之出則璆琳琅玕夏書載焉禹貢終南惇物至于鳥鼠厥貢惟球琳琅玕球玉名琅玕石而似珠球今作璆音求琳音林紀堂條枚秦風詠焉詩終南何有有條有枚條槄梅柟也又云終南何有有紀有堂紀基也堂畢道平如掌也它本或作杞棠條枚或作祀堂條枚皆誤今其神又能對于禱祝祀一作化荒爲穰易沴爲和沴妖

氣也沴音戾厥功章明宜受大禮俾有憑託而宣
其烈也非我后敬神重穀則曷能發大號尊
明靈非我公勤人奉上則曷能對休命作新
廟人事既備神明時若豐我公田遂及我私
詩雨我公田遂及我私粢盛無虞儲峙用充儲說文云偫也峙爾
雅云供峙具也儲音除峙文里切厥猷茂哉遂相與東向蹈
舞拜手稽首願頌帝力且宣神德永著終古
辭曰
皇帝垂德制定統極神道泰寧祀典興修飾禳

祈禜雩（禜祭名也周禮云禜門祭用瓢齎雩請雨之祭禮記禜雩祭水旱也○禜音詠雩音于）皆有準程顧惟終南祠位庳陋（庳音卑又音婢）不稱顯名爰降制詔充大厥宇啓寤誠明
昭感神衷道宣天休獲此利貞篤災慾陽化
爲豐穰實我粢盛人賴蓄給鼓腹而歌以樂
其生巍巍靈山興利產財作固鎬京（詩宅是鎬京鎬京武王所都其地在長安西上林苑中○鎬下老切）擁其嘉休眷祐于
人永宅厥靈奕奕新廟（奕奕佼美也詩新廟奕奕奚斯所作奕音亦與奕同）整頓端莊神位容清後祀承則絜心勤

堅一作金

禮導暢純精邑吏嗇夫鮐背鯢齒鮐背鯢齒皆壽徵鮐音臺鯢音倪願垂表經頌宣聖德篆刻堅石永世飛聲此詞三句爲韻用秦碑體

太白山祠堂碑并序山在鳳翔府郿縣上有靈湫禱雨輒應。終南太白地勢相屬韓文公南山詩云西南雄太白突起莫間簉則二山誠關中之名勝禱應如響宜哉此碑與上篇同時皆以禱旱作

雍州西南界于梁雍州謂秦地雍梁皆禹貢九州之舊○雍於用切其山曰太白其地恒寒氷雪之積未嘗已也

其人以爲神故歲水旱則禱之寒暑乖候則禱之癘疾祟降則禱之（鬼災曰癘祟亦神禍也音邃）咸若有答焉者貞元十二年孟秋旱甚皇帝遇災悼懼分命禱祀至于茲山又詔京兆尹（尹韓臯也）宜飾祠廟遂下令于甸邑（盩厔屬京兆故云甸邑）邑令裴均臨事有恪革去狹陋愜閎棟宇階室之廣三倍其初翌日大雨黍稷用豐野夫讙謠欽聖信神願垂頌聲刻在金石文曰（文下）

碑陰文（韓裴蓋有勞於二祠者也故公又作文碑陰以志之）

時尹韓府府君諱皐祗奉制誥發付邑吏令裴
府君諱均承荷君公之命督就祠宇莅事謹
甚克媚神意用獲顯貺邑人靈之其事遂聞
詔書嘉異勞主者甚厚勞力到切乃刻茲石立于
西序右階之下肆列裴氏之政于碑之陰惟
君教行于家德施于人撫字惠厚柔仁博愛
之道洽于緜婁上姑頑切下陵之切廉毅肅給威斷猛
制之令行乎強禦獄訟不私于上罪責不及
于下農事課勵厚生克勤征賦首入而其人

益贍創立傳館平易道路易以豉切改作甚力而
其人彌逸韓府君每用嘉褒稱其理爲甸服
最今茲設廟位神神歡而寧宜爲君之誠敬
克合于上用啓之也不可以不志

湘源二妃廟碑永州縣四湘源其一也公時爲永州司馬作二妃事韓文公黄陵廟碑紀之甚悉湘音相

元和九年八月二十日湘源二妃廟災天火日災
司功掾守令彭城劉知剛唐有司功叅軍守攝也以司功攝令也
主簿安邑衛之武告于州刺史中丞清河

崔公能（能史有傳）祇栗厥戒會羣吏洎衆工發開元詔書懼廢守祀搜考贏羨（羨余也延面切）均節委積（周禮遺人掌邦之委積以待施惠注云少曰委多曰積皆聚也○委於僞切積子智切）咸執牘聿（說文牘書版聿所以書楚謂之聿吳謂之不聿燕謂之弗）至于祠下稽度旣備（度徒洛切）傭役惟時斬木于上游陶埴于水涯（埴埏也音植涯音宜又宜佳切）廼桴廼載（桴編木以渡）工逸事遂作貌顯嚴粲然而威十有一月庚辰陳奠薦辭立石于廟門之宇下唯父子夫婦人道之大大哉二神咸極其會爲子

而父堯爲婦而夫舜列女傳舜二妃堯之二女曰娥皇女英齊
聖金明弼成授受内若嚚瞽若順也書曰瞽子父頑母嚚
上承輝光克艱以乂德罔不至帝既野死史記
舜踐帝位三十九年南廵狩崩於蒼梧之野神亦不返二妃從舜不及道死
於沅湘之間食于茲川古有常典敺祓戾孽敺祓驅除
也音區弗恢宣淑靈敢或失職以奸大刑奸音于有
翼其恭有苾其馨苾香也薄必切沉貍受告周禮以貍沉祭
山林川澤注云祭川澤曰沉即石是銘銘曰
淵懿承聖舜妻堯女德形嬀汭書釐降二女于嬀汭溈水

之汭也史記堯妻舜二女以觀其德舜飭下二女於嬀汭嬀汭舜所居嬀水之汭○嬀俱爲切汭儒税切神位湘滸音虎揆兹有初克碩厥宇碩壯大也唐命秩祀兹邑攸主毛牷旣𩡧周禮牧人凡陽祀用騂牷毛之陰祀用黝牷毛之毛之取純毛也說文牛純色曰牷○牷音全𩡧字一本作肆周禮副辜祭籀作𩡧𩡧𩡧柏逼切椒馨爰糈詩有椒斯馨糈祭神米先呂切流于萬年期保伊祜潛火熇孽炖于融風說文云炖風而火盛皃左傳十八年梓慎曰是謂融風火之始也注東北風曰融風木也木火母故日火之始神用播遷時罔克龔邑令羣吏告于君公廉用積餘廉節也以就爾功桴木負埴桴者編竹

木爲之大曰筏小曰桴桴音數載流于江既夷以成崇宇峻墉潔嚴清閒音閑左右率從神樂來歸徒御雍雍神旣安止邦人載喜奉其吉玉一作主以對嘉祉南風湑湑說文云湑露貌音胥又私呂切湘水如舞將子無讙一作護神聽鍾鼓豐其交報邦邑是與刻此樂歌以極終古

饒娥碑史云云饒娥字瑣姬饒州樂平人父勣餘悉如碑所載又云鄉人異之歸賵具禮葬父及娥鄱水之陰縣令魏仲光碣其墓建中初黜陟使鄭叔則表旌其閭河東柳宗元爲立碑

饒娥饒人饒姓娥名世漁鄱水鄱蒲波切娥爲室女淵懿靖專靖一作靜雖小家未嘗出游治絺葛葛所以爲絺綌精曰絺麤曰綌供女事循整鄉閭敬式娥父醉漁風卒起不能舟遂以溺死求屍不得娥父勦漁于江遇風濤舟覆尸不出娥聞父死走哭水上三日不食耳鼻流血氣盡伏死明日屍出黿魚鼉蛟浮死萬數塞川下流娥年十四哭水上不食三日死俄大震雷水蟲多死父屍浮出鄱旁下民悲感怨號上音寃下音毫以爲神奇縣人鄉人會錢具儀葬娥鄱水西橫道上

追思不足相與作石以詒後世（銘見題注　詒一作詔）其

辭曰

生德無類氣靈而休嗟茲孝娥惟行之周淵懿含貞好靖不游纖葛絺紵（纖思廉切　絺丑知切　紵直呂切）克供以修蒸蒸在家其父世漁飲酒不節死乎風濤（乎一作于　又一作於）匍匐來哭號天以呼顏目耳鼻膏血交流三日頓踣（踣說文云斃也僵也○踣匹候切又蒲北切）氣竭形枯（一作面汚）父屍既出孝質已殂龜鱉黿有蛟洎魚充流溢岸旁出仰浮見怪異

形適與我謀鄙民哀號或以頌歌齊女色憂傷槐罷誅劉向列女傳齊傷槐衍之女婧齊景公有所愛槐使人守之下令曰犯槐者刑傷槐者死於是衍醉而傷槐景公使拘之且加罪焉婧懼乃造於晏子之門曰妾聞明君不爲六畜傷人民不爲野草傷禾苗今吾君以槐故殺婧父鄰國聞之皆謂君愛樹而賤人其可乎晏子明日朝言於公景公即廢傷槐之法出犯槐之囚趙姬完父操棹爰謳列女傳趙津女娟者趙河津吏之女趙簡子南擊楚至河津津吏醉卧不能渡簡子怒欲殺之娟懼持楫而前曰妾父聞主君且來恐風波起水神動駭故禱祠九江三淮之神不勝杯酌醉至如此願待其醒而殺之簡子渡用楫者少一人娟願備父持楫許之中流爲簡子發河激之歌簡子悅以爲夫人謳烏侯切亦音區肉

刑不施漢寔淳于史記漢文帝十三年太倉令淳于公有罪當刑其少女緹縈上書天子悲憐其意五月有詔除肉刑法事亦見漢刑法志烈烈孝娥水死上虞邯鄲淳娥碑曰娥上虞曹盱之女盱能按節撫歌婆娑樂神漢安二年五月時迎伍君逆濤而上爲水所淹不得其尸娥時年十四號慕思盱哀吟澤畔旬有七日遂自投江死經五日抱父死屍出度尚設祭誄之范曄後漢史云迎婆娑神謬矣當以碑爲正娥之至德實與爲儔恒人有言惟敎是圖懿茲德女家世不儒奇行特出神道莫酬窮哀罔泄終古以畱鄉人好禮爰立茲丘建銘當道當道即謂橫道上也過者下車

唐故特進贈開府儀同三司揚州大

都督南府君睢陽廟碑（幷序 南府君名霽雲魏州頓丘人祿山反張巡許遠守睢陽遣霽雲乞師於賀蘭進明不果如請事詳碑中霽雲還入城十月城陷與巡等同被害初贈開府儀同三司再贈揚州大都督）

急病讓夷義之先（國語臧文仲曰賢者急病讓夷居官當事不避難夷平也）圖國忘死貞之大（昭元年左傳孟孫稱叔孫豹曰思難不越官信也圖國忘死貞也）利合而動乃市賈之相求（賈音古）恩加而感則報施之常道睢陽所以不階王命横

絶凶威超千祀而挺生奮百代而特立者也

時惟南公天與拳勇詩無拳無勇注拳力也神資機智

藝窮百中史記養由基去楊葉百步射之百發百中霽雲傳善騎射見賊百步內射之發無不應豪出千人不遇與詞鬱尨眉之都

尉張衡賦曰尉尨眉而郎潛兮逮三葉而見武註漢武故事曰上至郎署見一老郎鬢眉皓白問何時爲郎何其老也對曰臣姓顔名駟以文帝時爲郎文帝好文而臣好武景帝好老而臣尚少陛下好少而臣已老是以三葉不遇也上感其言擢爲會稽都尉

數奇見惜挫猨臂之將軍史記上以李廣數奇孟康曰奇隻不耦也又曰廣爲人長猨臂善射亦天性也如淳曰臂如猨通肩數所角切奇居宜切

天寶

未寇劇憑陵隳突河華（華山名音畫）天旋虧斗極之位地圮積狐狸之穴（圮毀也又說文云山無草木也圮音起）親賢在庭子駿陳謩以佐命（劉歆字子駿爲王莽佐命官至國師）元老用武夷甫委師而勸進（晉王衍字夷甫嘗與東海王越共討苟晞越薨衆推衍爲師衍辭俄而舉軍爲石勒所破勒執衍等問以晉故衍因勸勒稱尊號）惟公與南陽張公巡高陽許公遠義氣懸合訏謀大同（訏大也又說文云齊楚謂信曰訏訏匈于切）誓鳩武旅以遏橫潰（橫戶孟切潰音會）裂裳而千里來應（文選脫耒爲兵裂裳爲旗）左袒而一呼皆至（漢書太尉以一節入

北軍一呼士皆袒左爲劉氏呼火故切柱厲不知而死難列子柱厲叔事莒敖公自以爲不知己去居海上及公有難乃往死之曰以醜後世之人主不知其臣者也狼瞫見黜而奔師左傳文二年晉襄公縛秦囚使萊駒以戈斬之囚呼萊駒失戈狼瞫取戈斬囚遂以爲右箕之役先軫黜之狼瞫怒及彭衙既陳以其屬馳秦師死焉瞫尸甚式荏二切忠謀朗然萬夫齊力一作志

公以推讓且專奮擊爲馬軍兵馬使出戰則羣校同強謂賊因張通晤陷宋曹等州張公巡率吏哭玄元祠遂起兵討賊從者千餘也入守而百雉齊固百雉城也城高三堵爲雉謂賊攻雍丘張公巡設百樓櫓城上束芻灌油以焚賊不敢向也初據雍丘至德元載三月

真源令張巡起兵討賊據雍丘謂單父尉賈賁合兵擊宋州張通悟走襄邑爲頓丘令所殺賁引軍進至雍丘巡與之合有衆二千也雍丘隸汴州

謂非要害將保江淮之臣庶通南北之奏復

周禮諸臣之復萬民之逆

拔我義類扼於睢陽

十二月巡拔雍丘東守寧陵二載正月賊將尹子奇寇睢陽睢陽太守許遠告急於巡巡引兵入睢陽睢陽隸宋州

前後捕斬要遮凶氣連沮

此謂巡至睢陽與許遠合霽雲戰寧陵北斬賊將二十殺萬余人投尸于汴也

漢兵已絕守疏勒而彌堅

漢永平十七年班超在踈勒國十八年帝崩焉耆以中國大喪攻沒都護而龜茲姑墨數攻踈勒超孤立無援吏士單少拒守歲余〇疏音踈

虜騎雖强頻盱眙而不進

南史

宋文帝元嘉二十八年魏主攻盱眙輔國將軍臧質堅守魏人殺傷萬計尸與城平三旬不拔魏主退走。盱音吁眙音怡賊徒乃棄疾於我悉衆合圍技雖窮於九攻呂氏春秋公輸般爲高雲梯欲以攻宋墨子聞之見荆王曰宋必不可得請令公輸般試攻之臣請試守之於是公輸般設攻宋之械墨子設守宋之備公輸般九攻之墨子九却之不能志入故荆輟不攻宋矣墨子名翟宋大夫益專於三板史記趙世家智伯率韓魏攻趙襄子奔保晉陽三國引汾水灌其城城不沉者三板偪陽懸布之勁左傳襄十年晉荀偃士匄請伐偪陽主人懸布堇父登之及堞而絕之隊則又懸之。偪音逼勁字一本作巧汧城鑿穴之奇史田丹攻齊收城中牛得千餘束兵刃於其角而灌脂束葦於其尾燒其

端鑿城數十宂夜縱牛牛尾爇怒而奔爇軍大驚敗走。汧音牽息意牽牛
釜鄭師之大臨左傳宣十二年楚人伐鄭國人大臨守陴者皆哭三月楚克鄭鄭伯肉袒牽羊以逆甘心易子鬭宋臣之病告左傳宣十五年楚子圍宋宋人懼使華元夜入楚師登子反之牀起之曰寡君使元以病告曰敝邑易子而食折骸以爨雖然城下之盟有以國斃不能從也諸侯環顧而莫
救國命阻絕而無歸以有盡之疲人敵無已
之强寇公乃躍馬潰圍馳出萬衆抵賀蘭進
明乞師進明乃張樂侑食以好聘待之公曰
弊邑父子相食而君辱以燕禮獨何心歟乃

自噬其指曰啖此足矣巡等守睢陽死傷之餘纔六百人時河南節度使賀蘭進明在臨淮擁兵不救八月巡令霽雲將二十騎犯圍而出告急臨淮進明具食與樂延霽雲坐霽雲泣且語曰睢陽之人不食月餘矣霽雲雖欲獨食且不下咽因噬嚙落一指以示進明曰霽雲既不能達主將之意請留一指以示信歸報坐中皆為泣下按舊史云請嚙一指留於大夫示之以信歸報本州新傳云請置一指以示信歸報中丞因拔佩刀斬一指血淋漓以示賀蘭公此所載又有啖此足矣之文其不同如此溫公考異從舊傳遂慟哭而返即死孫城霽雲遂自臨淮陽維城而入城中將吏知救不至慟哭累日首碎秦庭終懵無衣之賦左傳定四年申包胥如秦乞師秦哀公為賦無衣九頓首而坐秦師乃出庾信哀江南賦

日申包胥之頓地碎之以首書武亘切身離楚野徒傷帶劒之

辭楚詞九歌云帶長劒兮挾秦弓首雖離兮心不懲至德二年十月

城陷遇害霽雲等皆爲賊所執賊將以刀脅巡巡不降又降霽雲霽雲未應巡

呼曰南八男兒死耳不可爲不義屈霽雲笑曰將欲有爲也公知我者敢不死亦不降乃

與姚誾等遇害惟遠執送洛陽無傳變之歎息後漢傳變字南容爲漢陽

太守賊圍漢陽欲送變歸鄉里變慨然嘆曰吾行何之吾必死於此遂麾左右進兵臨陣

戰沒有周苛之慷慨漢書高祖使周苛守滎陽楚下滎陽生得苛苛罵項

羽羽烹之慷下朗切慨口漑切聞義能徙語曰聞義不能徙是吾憂也果

其初心烈士抗詞痛臧洪之同日臧洪字子原表紹執

洪殺之洪邑人陳容謂紹曰將軍欲爲天下除暴而先專誅忠義豈合天意又曰今日寧與臧洪同日死不與將軍同日生遂復見殺見者相謂曰如何一日殺二烈士直臣致憤惜蔡恭於累句劉璠梁典云武帝天監三年魏兵圍義陽司州刺史蔡道恭禦之相持百餘日道恭疾卒詔使郢州刺史曹景宗救援景宗頓兵不進義陽遂陷御史中丞任昉彈劾景宗略曰道恭云逝城守累旬景宗之存一朝弃甲直臣盖指任昉也朝廷加贈特進揚州大都督定功爲第一等與張氏許氏並立廟雎陽歲時致祭男在襁褓皆受顯秩賜之土田葬刻鮑信之形魏志初平三年鮑信擊黃巾于壽張力戰鬬死繼而破之購求信不得衆乃刻木爲信狀

發而哭焉今本作鮑勛誤陵圖龐德之狀魏志龐德字令明與關羽戰爲羽所得羽謂曰不降何爲德罵曰我寧爲國家鬼不爲賊將也爲羽所殺于禁等七軍皆沒孫權稱藩遣禁還魏帝令北詣鄴謁高陵帝使豫於陵屋畫關羽戰克龐德憤怒禁降伏之狀禁見慙恚發病薨納官其子見勾踐之心越語勾踐棲於會稽乃令於三軍曰孤子寡婦疾疹貧病者納官其子官仕也仕其子而教之廩以食之也羽林字孤知孝武之志漢百官表武帝時從軍死事者之子養羽林官教以五兵號羽林孤兒以非令從軍擧門關於周典周礼司門職云犯財物凡禁者擧之以其財養死政之老與其孤財所謂門關之委積也死政之老國中死事者之父母也孤子也又遺人云掌門關之委積以養孤老徵印綬於

漢儀漢時印佩非若今之金紫銀緋長使服之也蓋居是官則佩是印罷則解之故三公上印綬後漢張奐云吾前後十要銀艾銀卽銀印艾即綠綬十要者一官一佩之耳印不甚大淮南王曰方寸之印丈二之組是也漢世功臣死後多賜印綬焉見孔子雜説王猷以光寵錫斯備於戲睢陽之事不唯以能死爲勇善守爲功所以出奇以耻敵立懂以怒寇列子刺客曰虞氏富樂之日久矣而常有輕易人之心吾不侵犯之而辱我以腐鼠不報無以立懂於天下懂勇也勤謹二音一本作僅俾其專力於東南而去備於西北力專則堅城必陷備去則天討可行是故即城陷之辰爲尅敵之日

十月癸丑睢陽城陷庚申安慶緒奔河北壬戌克東京世徒知力保於
江淮而不知功請乎醜虜論者或未之思歟
公諱霽雲霽子計切字某范陽人有子曰承嗣七
歲爲婺州別駕賜緋魚袋歷施涪二州涪音浮
服忠思孝無替負荷懼祠宇久遠德音不形
願斵堅石斵音卓假辭紀美惟公信以許其友
剛以固其志仁以殘其肌勇以振其氣忠以
摧其敵烈以死其事出乎內者合於貞行乎
外者貫於義是其所以奮百代而超千祀者

矣其志不亦宜乎廟貌斯存碑表攸託洛陽城下思鄉之夢儻來後漢温序字次房爲西羌校尉行部至襄武爲隗囂將苟宇所執欲降之序不從伏劒而死光武命送喪到洛陽城旁爲冢地長子壽爲鄒平侯相夢序告之曰久客思鄉里壽即弃官上書乞骸骨歸葬帝許之乃反舊塋焉麒麟閣中即圖之詞可繼漢書宣帝以趙充國有功德與霍光張安世韓增魏相丙吉杜延年劉德梁丘賀蕭望之蘇武等十人圖畫形貌于麒麟閣至成帝時西羌甞有警上思將帥之臣追美充國廼召黃門侍郎楊雄即充國圖畫而頌之

銘曰

貞以圖國義惟急病臨難忘身難乃旦切見危致

命漢寵死事周崇死政金見上註烈烈南公忠出其性控扼地利奮揚兵柄東護吳楚西臨周鄭婁婁羣凶婁貪也盧含切害氣彌盛長蛇封豕封大也左傳吳爲封豕長蛇荐食上國踊躍不定屹彼睢陽屹崪山貌屹魚乙切制其要領前漢張騫傳要衣要也領衣領也凡持衣者則執要領故以爲喻要一遙切○横潰不流疾風斯勁梯衝外舞衝謂衝城車詩臨衝閑閑是也鉦穴中偵賊爲雲梯勢如半虹置精兵二百於其上推之臨城欲令騰入巡預於城潛鑿三穴候梯將至於一穴中出一大木末置鐵鉤鉤之使不得退一穴中出一木柱之使不得進一穴中出一大木置鐵籠盛火焚之其梯中折

椽上卒盡燒死。偵伺也視也丑正切又猪孟切 鈴馬非鄭 宣公十五年公羊傳鉗馬而秣之鈴鉗通用 析骸猶競 解見上 浩浩烈士不聞濟師 時許叔冀在譙郡尚衡在彭城賀蘭進明在臨淮皆擁士不救 兵食殲馬守逾三時公奮其勇單車載馳投軀無告噬指而歸力窮就執猶抗其辭 解亦見上 圭璧可碎堅貞不虧寇力東盡兇威西恧 恧慙也女六切 巢穴之固由我而覆江漢淮湖羣生咸育倬焉勳烈孰與齊躅 說文蹈躅也躅廚玉切 天子震悼陟是

元功旌褒有加命秩斯崇位尊九牧禮視三
公建兹祠宇式是形容牲牢伊碩黍稷伊豐
虔虔孝嗣望墓無窮刋碑河滸萬古英風大曆
十二年四月以南霽雲子爲歙州別駕又
貞元二年二月授承嗣官旌忠烈之後

東吳郭雲鵬校壽梓

河東先生集卷第五

河東先生集卷第六

釋教碑

曹溪第六祖賜謚大鑒禪師碑

六祖惠能也姓盧氏新州人化于新州國恩寺憲宗時賜謚大鑒塔曰元和靈照公在柳州作此碑東坡嘗曰子厚南遷始究佛法作曹溪南嶽諸碑絕妙古今真知言哉邵太史曰東坡於古人但寫淵明子美太白退之子厚之詩爲南華寫子厚六祖大鑒禪師碑南華又欲寫劉夢得碑則辭之

扶風公廉問嶺南三年元和八年十二月以桂管觀察使馬揔爲

嶺南節度使扶風人也以佛氏第六祖未有稱號疏聞于上詔謚大鑒禪師塔曰靈照之塔元和十年十月十三日下尚書祠部符到都府都府節度府也公命部吏洎州司功掾告于其祠幢蓋鐘鼓幢傳江切增山盈谷萬人咸會若聞鬼神其時學者千有餘人莫不欣踴奮厲如師復生則又感悼涕慕如師始亡因言曰自有生物則好鬪奪相賊殺喪其本實誖乖淫流誖亂也○誖蒲昧切又音勃莫克返于初孔子無大位没以餘言

梁武曰朕造寺寫經度僧不可勝紀有何功德達摩曰並無功德此但人天小果如影隨形雖有非實
能卽耐字

持世更楊墨黃老益雜其術分裂而吾浮圖說後出推離還源合所謂生而靜者禮記人生而靜天之性也梁氏好作有爲師達摩識之空術益顯後魏大和十年有僧達摩者本天竺王子以護國出家入南海得禪宗妙法云自釋迦相傳有衣鉢爲記世相付授達摩賫衣鉢浮海而來至梁詣武帝帝問以有爲之事達摩不悅乃之魏隱於嵩山少林寺遇毒而卒是爲初祖六傳至大鑒達摩以其法傳慧可是爲二祖惠可傳璨是爲三祖璨傳道信是爲四祖信傳弘忍是爲五祖忍傳惠能是爲六祖大鑒始以能勞苦服役一聽其言言希以究師用感動遂受信具信具衣鉢也遁隱南

◎

海上人無聞知又十六年度其可行乃居曹溪咸亨末能住韶州寶林寺曹溪韶州地名也爲人師會學去來嘗數千人其道以無爲爲有以空洞爲實以廣大不蕩爲歸其教人始以性善終以性善不假耘鋤本其靜矣中宗聞名使幸臣再徵不能致取其言以爲心術其說具在今布天下凡言禪皆本曹溪大鑒去世百有六年先天二年卒是歲癸丑至元和十三年戊戌爲一百六年凡治廣部而以名聞者以十數莫能揭其號乃今始告天子得

大諡豐佐吾道其可無辭公始立朝以儒重

刺虔州都護安南元和五年七月總自虔由州刺史爲安南都護海中大蠻夷連身毒之西身毒國名即天竺也浮舶聽

命咸被公德受旂纛節戟纛翳也舞者所執又羽葆幢也纛左纛也以旄牛尾而爲之○纛音道又徒沃大到二切來莅南海按韓文公祭摠文云于泉于虔始執郡符遂殿交州抗節番禺交州即安南都護府番禺則南海郡廣州也與公此碑合而唐史乃云摠自安南都護遷桂管經畧觀察使誤矣東坡曰以碑考之蓋自安南遷南海非桂管也可以正唐史之誤屬國如林不殺不怒

人畏無噩說文噩譁訟也○噩音咢允克光于有仁昭列

◎

大鑒莫如公宜其徒之老乃易石于宇下使
來謁辭其辭曰
達摩乾乾說文云乾上出也乾乾不息之貌傳佛語心六承
其授大鑒是臨勞勤專默終揖于深揖一作挹抱
其信器行海之陰其道爰施在溪之曹厖合
猥附不夷其高傳告咸陳惟道之褒生而性
善在物而具荒流奔軼說文軼車相出也○軼徒結切乃萬
其趣匪思愈亂匪覺滋誤由師內鑒咸護于
素不植乎根不耘乎苗中一外融有粹孔昭

在帝中宗聘言于朝陰翊王度俾人道遙越百有六祀號謚不紀由扶風公告今天子尚書既復大行乃誄光于南土其法再起厥徒萬億同悼齊喜惟師教所被洎扶風公所履咸戴天子天子休命嘉公德美溢于海夷浮圖是視師以仁傳公以仁理謁辭圖堅永胤不已

南嶽彌陀和尚碑公貞元十八年爲藍田尉照死於七月十九日此碑蓋七月後作東坡評說見上篇題註

在代宗時有僧法照爲國師乃言其師南岳
大長老有異德天子南嚮而禮焉度其道不
可徵乃名其居曰般舟道場公嘗爲般舟和尚第二碑蓋指
日悟爲般舟和尚即此所謂般舟道場也用尊其位公始居山西
南巖石之下人遺之食則食不遺則食土泥
茹草木其取衣類是南極海裔北自幽都來
求厥道或値之崖谷羸形垢面躬負薪摽詩薪
之摽之摽積木燎之也摽音酉以爲僕役而媟之乃公也說文
媟嬻也媟音薛。凡化人立中道而教之權俾得以疾至故示專念書塗巷刻谿谷丕勤誘掖以援于下不求而道備不言而物成人皆負布帛斬木石委之巖戸不拒不營祠宇既具以洎于德宗申詔襃立是爲彌陀寺施之餘則與餓疾者說文施惠也。施施智切不尸其功公始學成都唐公次資川詵公詵公學於東山忍公釋氏五祖忍公姓周黃梅人與四祖道信並住東山寺故謂其法。爲東山法法照智詵皆學於忍惟唐公眞公及衡山皆有道至荊州進學玉泉眞公承遠未詳援公以衡山俾爲教魁人從而化者以萬計祔法照居廬山由正定趣安樂國（由字一本作中）見蒙惡衣侍佛者佛告曰此衡山承遠也出而求之肖焉乃從而學傳教天下由公之訓公爲僧凡五十六年其壽九十一貞元十八年七月十九日終于寺葬于寺之南岡刻石于寺大門之右銘曰

一氣迴薄茫無窮其上無祔下無終離而爲合蔽而通始末或異今焉同虛無混冥道乃融聖神無跡示教功公之率衆峻以容公之

立誠教其中教一作放服庇草木蔽穹隆仰攀俯
取食以充形遊無極交大雄天子稽首師順
風四方奔走雲之從經始尋尺成靈宮始自
蜀道至臨洪咨謀往復竄眞宗弟子傳教國
師公化流萬億代所崇奉公寓形於南峯幼
曰弘願惟孝恭立之茲石書玄蹤

岳州聖安寺無姓和尚碑爲永州司馬時作

維某年月日岳州大和尚終于聖安寺凡爲
僧若干年年若干有名無姓世莫知其閭里

宗族所設施者有問焉而以告曰性吾姓也其原無祄其胄無終說文胄胤也承于釋師以系道本吾無姓耶法劒云者我名也實且不有名惡乎存吾有名耶性海吾鄉也法界吾宇也戒爲之墉惠爲之戶以守則固以居則安吾閭里不具乎度門道品其數無極菩薩大士其衆無涯吾與之戚而不吾異也吾宗族不大乎其道可聞者如此而止讀法華經金剛般若經數逾千萬或譏以有爲曰吾未嘗

作嗚呼佛道逾遠異端競起唯天台大師爲得其說和尚紹承本統以順中道凡受教者不失其宗生物流動趨向混亂惟極樂正路爲得其歸和尚勤求端慤以成至願凡聽信者不惑其道或譏以有跡曰吾未嘗行始居房州龍興寺中徙居是州（徙居一作徙于）作道場于楞伽北峯（楞音稜）不越閫者五十祀（閫苦本切與梱同）和尚凡所嚴事皆世高德始出家事而依者曰卓然師居南陽立山（南陽鄧州）葬岳州就受戒

者曰道顒師居荆州弟子之首曰懐遠師居長沙安國寺爲南岳戒法歲來侍師會其終遂以某月日葬于卓然師塔東若干步銘曰

道本於一離爲異門以性爲姓乃歸其根無名而名師教是尊假以示物非吾所存大鄉不居大族不親淵懿内朗冲虚外仁聖有遺言是究是勤惟動惟默逝如浮雲教久益微世罕究陳爰有大智出其眞門（一作論）師以顯示俾民惟新情動生變物由湮淪爰授樂國

叅乎化源師以誘導俾民不昏道用不作神
行無迹晦明俱如生死偕寂法付後學施之
無斁（斁厭也夷益切）葬從我師無忘眞宅薦是昭銘
刻茲貞石

碑陰記

無姓和尚旣居是山曰凡吾之求非在外也
吾不動矣弘農楊公炎自道州以宰相徵過
焉（大曆四年八月以道州刺史楊炎同平章事）以爲宜居京師強
以行不可將以聞曰願間歲乃往明年楊去

相位竄謫南海上（建中二年十一月炎自左僕射貶崖州司戶參軍）終如其志趙郡李竽（音謣）辯博人也爲岳州盛氣欲屈其道聞一言服爲弟子河東裴藏之舉族受教京兆尹弘農楊公某（元和四年楊憑爲京兆尹）以其隱地爲道場奉和州刺史張惟儉買西峯廣其居凡以貨利委堂下者不可選紀受之亦無言將終命其大弟子懷遠授以道妙終不告其姓或曰周人也信州刺史李某（一本云李公位公集有位墓誌）爲之傳長沙謝楚爲行狀博陵

崔行儉爲性守一篇凡以文辭道和尚功德者不可悉數弘農公自餘杭楊憑元和四年爲江西觀察使以贓罪貶臨賀尉俄自臨賀尉徙杭州長史命以行狀來懷遠師自長沙以傳來使余爲碑既書其辭故又假其陰以記

龍安海禪師碑公云弟子皓初等初等狀其師之行謁余爲碑按集有送皓初序頗亟稱之即初之賢盖足以知海之爲人矣永州作

佛之生也遠中國僅二萬里後漢西域傳天竺國一名身毒

世傳明帝時見金人長大頂有光明問羣臣
或曰西方有神名曰佛以地理考之安南者
嶺南之極邊也而天竺之道自此而通安西
者隴右之極邊也而西域之道自此而入則
其道里之遠可知也其没也距今茲僅二千歲故傳道
益微而言禪最病拘則泥乎物誕則離乎眞
誕欺也眞離而誕益勝故今之空愚失惑縱傲
自我者一本作空空愚夫失惑云云論語有鄙夫問於我空空如也皆誣
禪以亂其教冐于嚚昏左傳口不道忠信之言爲嚚○嚚魚巾切
放于淫荒其異是者長沙之南曰龍安師師
之言曰迦葉至師子迦葉尊者師子尊者二十三世而

迦葉釋迦大弟子一名飲光達摩ゝ當作磨西天第二十八祖東震旦土謂ゝ初祖

離離而爲達摩由達摩至忍五世而益離離而爲秀爲能神秀姓李氏絳州尉氏縣人隋末出家爲僧後遇蘄州雙峯山東山寺僧弘忍以坐禪爲業乃歎伏曰此真吾師也便往事弘忍忍寺以樵汲自役以求其道咸亨五年弘忍卒秀乃往荊州居當陽山則天聞其名追赴都秀同學僧惠能姓龐氏新州人忍卒往韶州寶林寺秀嘗奏則天請追能赴都至神龍元年中宗遣內侍薛簡馳詔往請能能竟不度嶺而卒天下乃散傳其道謂秀爲北宗能爲南宗南北相訾反戾鬬狠下懇切其道遂隱嗚呼吾將合焉且世之傳書者皆馬鳴龍樹道也馬鳴尊者龍樹菩薩二師之道其書具存徵其書合於志可以不

慁胡困切於是北學於惠隱南求於馬素咸黜其異以蹈乎中乖離而愈同空洞而益實作安禪通明論推一而適萬則事無非眞混萬而歸一則眞無非事推而未嘗推故無適混而未嘗混故無歸塊然趣定至于旬時是之謂施用茫然同俗極乎流動是之謂眞常居長沙在定十四日人即其處而成室宇遂爲寶應寺去于湘之西人又從而負大木礱窑石云礱磨也礱音聾以益其居又爲龍安寺焉尚書

裴公某貞元二年閏五月以國子司業裴冑爲湖南觀察使七年徙江西李公某八年十二月以給事中李巽爲湖南十三年九月徙江西侍郎呂公某以禮部侍郎呂渭爲湖南十六年七月卒楊公某十八年九月以太常少卿楊憑爲湖南御史中丞房公某咸尊師之道執弟子禮凡年八十一爲僧五十三朞元和三年二月九日而沒其弟子玄覺泊懷宜浩初等狀其師之行謁余爲碑曰師周姓如海名也世爲士父曰擇交同州録事參軍叔曰擇從尚書禮部侍郎師始爲釋其父奪之志使仕

旁紛馬而駛
徑白馬而來
收云注误
迷一作浮

至成都主簿不樂也天寳之亂復其初心嘗
居京師西明寺又居岣嶁山終龍安寺衡山一名
岣嶁山本拘縷二音岣又音古后切嶁力后切葬其原銘曰
浮圖之修其輿爲禪輿於到切殊區異世誰得其
傳遁隱乖離浮游散遷莫徵旁行行列也胡朗切徒
聽誣言空有互鬭南北相殘誰其會之楚有
龍安龍安之德惟覺是則苞弁絶異苞褁也○苞音包
表正失惑貌昧形靜功流無極動言有爲
彌寂而默祠廟之嚴戒居不飾貴賤之來戒

道無得逝耶匪追至耶誰抑惟世之機惟道
之微既陳而明乃去而歸象物徒設眞源無
依後學誰師嗚呼茲碑一作動言事爲

河東先生集卷第六

東吳郭雲鵬校壽梓